그러면, 다시 한 번

곽태경

한동대학교에서 국제지역학·언론정보학을 전
공했다. 기자로 일했다. 이후 교직원으로 재직
했다. 현재는 낮에 부업을 하고, 저녁에는 책을
읽고, 글을 쓴다.

# 그러면, 다시 한 번

곽태경 에세이

'오늘은 또 무엇을 써야 하나.'

책을 내기로 결심하면서 매일 되뇌었던 말이다.
'오늘은 뭘 먹고 살아야 하나.'라는 질문과 같이 무겁고 막막했던 문장이었다.

좋은땅

# 걱정 섞인 설렘으로

'오늘은 또 무엇을 써야 하나.' 책을 내기로 결심하면서 매일 되뇌었던 말이다. '오늘은 뭘 먹고 살아야 하나.'라는 질문과 같이 무겁고 막막했던 문장이었다.

책, 신문, 논문 등을 읽으며 아이디어를 얻어 보기도 하고, 유튜브를 보거나 라디오를 들을 때도 있었다. 여러 텍스트를 읽어 내려가면서 글의 실마리가 떠오를 때면 '오늘은 이거다!'라며 기뻐했다. 그리고 글을 써 내려갔다.

하지만 글감이 매일 생기는 것은 아니었다. 새로운 아이디어, 영감을 주는 생각이 항상 있지는 않았다. 어떤 때는 하루 종일 책을 붙잡고 있어도 아무 생각도 나지 않는 경우도 있었다. 그럴 땐 정말 그만둘까 싶기도 했다.

이 책은 그렇게 번뜩이는 생각이 떠올랐을 때 한 편씩 써 내려간 글들의 모음이다. 아무 생각 없이 하루하루를 살고 싶지는 않았다. 내가 살아 있다는 것을, 내가 가치 있는 삶을 살고 있다는 것을 나는 글을 쓰면서 느낀다.

　아직 갈 길이 멀다. 하지만 최선을 다해 글을 써 볼 작정이다. 글을 쓰면서 조금이라도 삶의 지혜를 깨달아 가길 바란다. "넌 할 줄 아는 게 뭐냐?"라고 질책하시면서도 도전할 힘을 주신 아버지, 항상 사랑으로 참아 주시고 믿어 주시는 어머니께 이 책을 드린다.

　그리고, 하나님께 감사드린다.


2023년 3월
곽태경

# 목차

## 삶의 비평

## sola fide

펜은 칼보다 강하다

# 새우깡 정의론

'정의, 공의, 사랑이 죽었다.' 대학시절 동아리에서는 채플 앞에서 제사를 지내기로 했다. 제사를 금기하는 기독교 대학에서 수요 채플이 끝나는 시간에 맞춰 멍석을 깔고, 향을 피우고, 절을 하기로 한 것이다. 영정 사진 액자에는 '정의, 공의, 사랑'이라고 쓴 종이를 끼워 넣었다. '하나님의 대학'이라는 곳에서 정의와 공의, 사랑이 죽었음을 알리는 퍼포먼스였던 것이다. 이날 교내 인트라넷 '횡설수설' 게시판에는 '내용은 좋았으나, 형식은 좋지 않았다.'는 평이 올라왔다.

정의가 무엇인지는 대학교 4학년 정치 철학 수업을 들으며 감을 잡을 수 있었다. 공리주의, 자유지상주의, 자유적 평등, 공동체주의 등을 배웠는데, 나는 자유적 평등 발제를 맡았다. 자유적 평등은 존 롤즈의 정의론을 기본으로 한다. '우연적 여건은 최대한 배제하고 선택에는 민감'해야 한다는 이론으로, 가장 유명한 것은 '차등의 원칙'이다. '차등의 원칙'은 최소 수혜자 계층에게 최대의 이익을 가져다주는 불평등은 정당하다는 것이다.

여기 새우깡 총 10개가 있다. A, B, C 세 명이 각각 새우깡 1개, 2개, 3개를 갖고 있고 4개는 남아 있다. 우선 새우깡을 3개 가진 C가 자신의 이익을 위해 A의 새우깡 1개를 뺏는 것은 정당하지 못하다. 더 큰 행복을 위해 소수자의 이익을 희생하기 때문이다. 이 상황에서 남은 새우깡 4개를 어떻게 배분할까. 롤즈에 따르면 C에게 남아 있는 새우깡 4개 모두를 주는 것은 불평등하기에 허용될 수 없다. 그러나 A와 B에게 새우깡 1개씩을 주고, 나머지 2개를 모두 C가 갖는 것은 허용된다. 결론은 A가 2개, B가 3개, C가 5개의 새우깡을 갖게 돼 불평등하지만, 소수자인 A와 B에게도 이익이 되기 때문이다. 결국, 롤즈의 정의론은 불평등을 용인하지만, 최소 수혜자에게 이익이 되는 경우만으로 한정하고 있는 것이다.

이러한 '차등의 원칙'은 일상생활에서 어떤 것이 정의로운지 판단하는 데 도움이 된다. 예를 들어 무상 급식을 두고 벌어졌던, 보편주의와 선별주의 논란을 보자. 모든 학생에게 무상으로 급식을 할 것인가, 아니면 소득이 낮은 계층만 무상 급식을 실시할 것인가의 논쟁이다. 재벌 아들에게까지 무상으로 급식을 해야 하느냐 등 많은 논쟁점들이 있지만, 부자 아이들에게 급식을 해도 가난한 아이들에게 이익이기 때문에 보편주의는 정당하다고 할 수 있다.

'美口Large'. 어감이 미꾸라지를 생각나게 하지만 '아름다운 입을 크게 벌리라'는 대학시절 언론 동아리 이름이었다. 학생이었던 나는 생각과 말과 행동이 정의롭기를 바랐다. 아직도 정의가 무엇인지 결론을 내리지 못했지만, 롤즈의 정의론은 기준을 세울 수 있는 하나의 힌트를 제공해 주었다. 무엇이 공정한 것인지, 정의로운 것인지 판단해야 할 때, 롤즈를 가장 먼저 생각한다. 새우깡 정의론. 내가 입을 크게 벌리는 이유다.

* **참고 자료**

WILL KYMIOCKA, 『현대 정치철학의 이해』, 장동진 · 장휘 · 우정열 번역, 동명사, 2008.

# 공각기동대

공각기동대. 몸이 보이지 않는 '광학 미채', 케이블을 뇌에 연결해 정보를 전달하는 전뇌, 몸의 대부분을 개조한 의체 등에 열광했던 애니메이션이다. 공각기동대를 보면서 들었던 의문이 있다. 등장인물들은 입으로 소리를 내는 것이 아니라 전뇌를 통해 대화한다. 일대일 대화를 하기도 하고, 한 사람이 여러 사람들과 동시에 대화하기도 한다. 소리를 내지 않고 생각을 통해 대화한다는 것인데 이것이 가능할까 하는 의문이 든다.

말소리를 내 대화를 하면서도 이런저런 생각을 하는 것이 사람이다. 그런데 어떻게 자기가 원하는 생각만 상대방에게 전달할 수 있을까. 만약 생각으로 대화가 가능한 기술이 있다 하더라도, 누구도 원하지 않을 것이다. 자신의 속마음이 그대로 노출될 것이기 때문이다. 누군가가 이 기술을 강제로 사용한다면 단지 무엇을 생각했다는 것만으로 고통받을 것이다. 하루 종일, 24시간 자신의 생각이 여과 없이 그대로 모든 사람에게 강제로 노출

된다면 어떨까? 부끄러움과 수치심만 가득할 것이다. 결국 자신의 생각마저 스스로 검열해야 하는, 양심의 자유를 크게 억압하는 고문 도구가 되지 않을까?

자신을 비난하거나, 괴롭히는 사람을 좋아할 수는 없다. 특히 대통령, 국회의원, 검찰, 언론 등과 같이 여론에 민감한 사람들은 자신에게 비판적인 사람의 입을 틀어막고 싶을 것이다. 자신을 괴롭히는 사람에게 '넌 생각이 이상해.'라며 생각까지 자기 마음대로 바꾸고 싶은 욕망이 생길 것이다. 공각기동대의 전뇌 대화 기술을 적용해 모든 생각이 온 천하에 노출되도록 하고 자신을 검열하게 하는 고문을 해야 속이 시원할지도 모른다.

하지만 민주주의 정치체제는 다양한 의견이 자유롭게 표출하면서 경쟁하는 것을 기본으로 한다. 이 때문에 헌법에서도 양심의 자유, 종교의 자유, 출판/언론/집회/결사의 자유, 학문/예술의 자유를 보장하고 있다. 민주주의 사회에서는 지배 권력에 반대하는 의사를 표현했다는 것만으로 어떠한 처벌이나 불이익이 있을 수 없다. 한 국가의 주권은 국민에게 있고, 모든 권력은 국민으로부터 나오기 때문이다.

'바이든-날리면' 논란 같은 말도 안 되는 코미디를 벌여 놓고, '국익을 생각하라.'며 MBC를 탄압한다. YTN의 〈돌발 영상〉에 대해서는 대통령실이 나서서 악의적 편집이라며 법적 조치를 하겠다고 으름장을 놔 결국 삭제하게 만들었다. TBS는 예산 삭감과 지원 중단 조례를 통해 〈뉴스 공장〉 라디오 프로그램을 없앴다. 이뿐만이 아니다. 고등학생이 그린 정부 풍자 만화는 '엄중경고'를 하고, 대통령 부부를 풍자한 만화는 전시를 아예 막아버린다. 대통령 집무실 인근에 풍자 포스터를 붙인 작가는 검찰에 송치됐다. 얼마 전 국회 의원회관에서 열릴 예정이던 대통령 부부 풍자 전시회는 국회사무처가 무단 철거했다.

그것이 사실이든 거짓이든 모든 의견은 공개시장에서 자유롭게 조정되어야 하는 것이 민주주의의 기본이다. 그 의견이 사실이라면 오류를 진리로 대체할 것이고, 만약 거짓이라면 사실이 더욱 분명하게 인식되는 계기가 될 것이다. 이것이 사상의 자유시장이고 민주주의 정치체제다.

'내면적무한계설'이라는 말이 있다. 다른 사람에게 피해를 주지 않는 이상 어떤 생각을 하든 관계없다는 것이다. 설령 내가 '도서관 맞은편 자리에 앉은 여자와 자 보고 싶다.', '대마초를 한 번 피워 보고 싶다.' 등등의 생각을 하더라도 실제로 행동에 옮기지 않는 이상 아무 문제가 없다는 말이다. 아직까지 현실에서 공각기동대의 전뇌 대화 같은 기술이 보편화되지 않았기에 다행이지만(혹시 암암리에 고문이 행해지고 있을지도 모른다.), 단지 자신에게 비판적이라는 이유만으로 양심의 자유를 억압하는 일은 있을 수 없는 일이다.

표현의 자유를 억압하는 권력은 자신이 오류가 없고, 잘못이 없다는 것을 전제로 하고 있다. 그렇기 때문에 다른 사람의 의견이 틀렸다며 탄압하고 막으려 한다. 하지만, 100% 틀린 의견일지라도 의견 표현 자체를 못하게 하는 것은 그 자체로 기본권을 빼앗는 일이다. 아무리 우겨도 바이든은 바이든이다.

**\* 참고 자료**

문유석, 『최소한의 선의』, 문학동네, 2021.
존 밀턴, 『아레오파지티카』, 임상원 번역, 나남, 2013.
존 스튜어트 밀, 『자유론』, 박문재 번역, 현대지성, 2018.

# 맵핵사회

스타크래프트. 중학교 3학년 때였던 것으로 기억한다. 처음 이 게임을 접했을 때의 긴장감과 놀라움을 지금도 기억한다. 공책에는 필기 대신 '파일론'과 '포토캐논'을 어떤 구도로 지어야 방어를 잘할 수 있는지 그림을 그렸고, 쉬는 시간에는 '질럿' 한 부대(12마리)가 몇 마리의 '마린'을 이길 수 있는지 논쟁했다. 학교를 마치면 PC방족과 당구장족으로 나뉘어 각각의 아지트로 들어가고는 했는데 나는 '프로토스'를 택했다. 그래서 난 지금도 당구를 못 친다.

몇 년 전 그래픽을 선명하게 고치고, 종족별로 공격력과 방어력을 조정한 스타크래프트 리마스터판이 출시됐다. 컵라면과 스타크래프트만 있으면 하룻밤 정도는 거뜬히 새울 수 있었던 추억이 떠올라 리마스터판을 구매했다. 그러나 예나 지금이나 문제는 '맵핵'이었다. '맵핵'이란 지도라는 뜻의 '맵(map)'과 해킹(hacking)의 축약어인 '핵'이 합쳐진 말인데, 상대편 모르게 게

임의 전체 화면을 볼 수 있는 일종의 반칙이다. 상대편이 어떤 유닛을 뽑는지, 어디를 공격하는지 볼 수 있기 때문에 그에 맞게 공격이나 수비를 하면 생초보가 아닌 이상 이기게 돼 있다.

군 생활 당시 군 복지를 향상시킨다는 목적으로 부대 내에 컴퓨터실을 만들어 줬던 기억이 있다. 그때 유일하게 허용됐던 게임이 스타크래프트였다. 군 전략을 짜는데 유용하다는 조악한 이유였지만 얼마나 반가웠던지…. 적군과 아군을 나눠 동맹을 맺고 적을 어떻게 섬멸할지 고민할 수 있다는 것이었다. 생각해 보면 물리적으로 치고받든, 돈으로 치고받든 우리가 살아가는 삶도 전쟁이라면 스타크래프트를 국민 게임으로 만들어야 할지도 모른다. 유독 우리나라에서 스타크래프트가 인기를 누리는 이유도 치열한 경쟁 사회의 분위기 때문인지도 모를 일이다.

문제는 우리 사회에도 '맵핵'이 존재한다는 것이다. 돈과 권력을 가진 사람들은 치열한 경쟁 속에서 'Show Me The Money'로 돈을 불리고, 'Black Sheep Wall'로 '맵핵'을 켠다. 맵핵은 곧 정보의 우위이므로 상대가 어떤 공격을 할지, 어떻게 수비를 할지 미리 알고 대응할 수 있다. 상대는 자신이 '맵핵'의 대상인지도 모른 채 자신의 능력을 탓하기도 하지만, 더 무서운 것은 자신이 이기고 있는 것으로 생각하면서 생존 경쟁의 전쟁을 즐기고 있다는 것이다. 벌거벗은 자신의 모습도 모른 채 우위에 있다고 생각하면서 스스로를 소모하는 것이다.

해결책은 있다. '맵핵' 감지 프로그램을 설치해서 상대가 '맵핵'을 켰다면 게임을 종료하는 것이다. 아니면 상대와 똑같이 '맵핵' 프로그램을 설치하는 것도 하나의 해결책이다. 그래서 서로 상대를 보면서 치고받는 진흙탕 스타크래프트를 하는 것이다. 그러나 이렇게 하면 무슨 재미가 있을까. 즐거워야 할 게임이 오히려 감정을 상하게 할 뿐이다. 게임에서야 공격용이든 방어용이든 해킹 프로그램을 다운받아서(컴퓨터 바이러스에 걸릴 수도 있다는 위험은 있다.) 대응할 수도 있지만, 파놉티콘(Panopticon)과 시놉티콘(Synopticon)의 현실 사회에서 해결책을 찾기란 쉽지 않다.

중학교 시절, 나와 내 친구들은 키보드 앞에 놓인 컵라면을 먹으며 '맵핵'을 이렇게 해결했다. "괜찮아. 쟤네 맵핵 켜도 우리가 이겨."

\* **참고 자료**

한병철, 『피로사회』, 김태환 번역, 문학과지성사, 2012.

# 짜
# 파
# 게
# 티

 가끔 짜파게티를 비비다 망치는 경우가 있다. 아무리 비벼도 까만 짜장 스프가 면에 골고루 묻지 않고 한곳에 뭉치는 것이다. 찬물을 다시 붓고 비비자니 싱거워질 것 같아 그냥 먹어 보지만, 뭉쳐 있는 스프를 씹을 때의 짠맛 때문에 결국 기분이 상하고 만다. 무슨 파이를 굽는 것도 아니고, 떡을 찌는 것도 아니다. 고작 면을 삶아 물을 버린 후 스프를 넣어 비비기만 하면 된다. 그러나 남기는 물의 양을 조절하지 못해 결국 짜파게티 비비기에 매번 실패하고 만다.

 짜파게티를 잘 비비지는 못해도 맛있는 음식과 그렇지 않은 음식은 잘 구분해 낸다. 일단 보기만 해도 윤기가 흐르고, 싱싱한 느낌이 드는 음식이 있는 반면, 젓가락을 가져가기가 싫어지는 요리가 있다. 또 입에 넣자마자 말 그대로 살살 녹아, 나도 모르게 목으로 넘어가는 음식이 있는 반면, 여러 맛이 있기는 한데 서로 조화되지 않아 한 가지 맛이 너무 강하거나, 약한 음식이 있다. 상세한 이유야 잘 모르지만, 결국 어떤 음식이든 그 맛을 결정하는 것은 신선한 재료와 알맞은 조리 방법에 달려 있다.

우리 사회를 규율하는 법도 요리와 같다. 법을 만드는 정치 과정, 즉 국민 참여로 이뤄지는 민주주의 과정이 음식의 재료에 해당한다면, 민주적 절차에 따라 정치를 하도록 규율한 법은 조리법에 해당한다. 재료가 아무리 좋아도, 조리법에 따라 정해진 순서대로 요리를 하지 않으면 음식을 망치기 마련이다. 즉, 아무리 국민이 주권을 가지고 있고, 대한민국의 권력이 국민으로부터 나온다 하더라도 폭력을 사용하거나, 법을 어기는 것까지 허용될 수는 없다. 마찬가지로 아무리 최고의 요리사라 하더라도 상한 음식으로는 결코 맛있는 음식을 만들어 낼 수 없는 것처럼, 국민의 의사를 무시한 채 법치만을 강조하면 민주주의 자체를 훼손하게 된다.

파업을 하며 새총을 쏘고, 타이어에 불을 붙이는 노동자들의 저항을 곱게만 볼 수 없는 것도 이 때문이다. 그들의 딱한 사정을 이해하지 못하는 것은 아니지만, 폭력을 사용하면 할수록 국민들로부터 외면당할 수밖에 없다. 그러나 정부와 사측도 법을 강조하기 이전에 그 법이 노동자들의 정당한 참여와 동의로 만들어진 법인지 고려해야 한다. 노동자들을 보호하는 법은 제대로 지키지 않으면서 일방적으로 정부와 기업 측의 법을 들이댈 수는 없는 것이다.

방법은 간단했다. 짜파게티를 잘 비비는 방법은 가스 불 위에 냄비를 올려놓은 채로 비비는 것이다. 넉넉히 물을 남겨 놓고, 부드럽게 비비면서 계속 졸여 주기만 하면 된다. 그러나 이렇게 아주 간단해 보는 방법도, 여러 음식을 만들면서 터득하는 노하우일 것이다. 민주주의와 법치주의도 어려움을 겪는 과정 속에서 우리들만의 노하우를 터득하게 될 것이다. 어쨌든 이제 나는 짜파게티 요리사다.

* **참고 자료**

정태욱, 『정치와 법치』, 책세상, 2002.

# 박수

'지금 박수 치면 안 되는데….' 오케스트라 공연에서 박수는 보통 4악장이 모두 연주된 뒤에 친다. 그런데 가끔 한 악장이 끝날 때마다 박수를 치는 사람들이 있다. 예전에는 한 사람이 이렇게 무안한 박수를 치기 시작하면, 파도타기처럼 관객 전체로 퍼져 나가기도 했다. 그러나 요즘엔 비교적 오케스트라가 대중화되어 잘못 친 박수에 동조하지 않고, 오히려 박수 친 사람이 곧 분위기 파악을 하고 잠잠해진다. 이처럼 박수는 칠 때가 있고 치면 안 되는 때가 있다.

꼭 오케스트라만 그런 것이 아니다. 정치도 마찬가지다. 정치인들은 간혹 더 많은 박수를 얻어 내기 위해 양심을 저버리기도 한다. 물론, 대의 민주주의하에서는 되도록 많은 사람들이 원하는 정치를 하는 것이 맞는 일이다. 그러나 좋은 포퓰리즘도 있지만, 나쁜 포퓰리즘도 있다. 정치인이 오직 인기를 위해 기회주의적인 태도로 현실성 없는 공약을 남발하거나, 상대편 정치인들의 부정부패를 비난하며 편 가르기를 하기도 하는 것이다.

정치인의 말이나 내걸었던 공약이 포퓰리즘이라는 비판을 받지 않으려면, 말과 그 결과가 최소한 비슷하게라도 나와야 한다. 국민들은 과거 정권들에게 어려운 살림살이를 좀 나아지게 해 달라는 소망으로 박수를 보냈다. 그러나 과거 정부들은 부자 감세와 임금 삭감과 같은 강력한 신자유주의 정책을 추진함으로써 오히려 양극화를 심화시켰다.

오케스트라 공연에서야 박수를 잘못 칠 수도 있다. 교양 없는 사람이라는 소리를 듣게 될지도 모르지만, 처음이라면 이해할 수도 있다. 그러나 오케스트라를 관람하기 전에 관련 예절을 알아보고, 팸플릿을 구해 몇 악장으로 구성돼 있는지 확인했다면 많은 사람들에게 눈총을 받지는 않았을 것이다. 나쁜 포퓰리즘은 정치인에게도 책임이 있지만, 언론과 시민단체 그리고 국민들에게도 큰 책임이 있다. 박수를 쳐야 할 때, 그렇지 않은 때를 구분하지 못한 책임 말이다.

# 행복

"모든 사람들이 자기가 결정하지 않은, 자기가 원하지 않는 일을 겪게 된단다. 이때 우리가 해야 할 일은 주어진 상황 속에서 무엇을 해야 할지 결정하는 것이란다." 영국의 작가 톨킨이 쓴 소설 『반지의 제왕』이 전하는 메시지다. 우리에게 맞닥뜨린 상황은 어쩔 수 없는 것이지만, 그 상황 속에서 절망할 것인지, 아니면 극복하기 위해 노력할 것인지는 우리의 몫이라는 말이다. 프로도는 절대반지를 원하지 않았지만, 그에게 주어졌다. 절대반지는 프로도를 고통 속으로 몰아넣었지만, 그는 반지의 힘에 굴복하는 대신 모르도르 운명의 산에 올라 절대반지를 파괴하기로 결정했다.

하버드 대학교 긍정심리학 교수인 탈 벤 샤하르는 "행복한 삶은 어떤 일생일대의 사건으로 만들어지는 것이 아니다."라고 했다. 원하는 목적을 달성한다고 해도 얼마 안 가 평상시 수준으로 행복감은 되돌아온다는 것이다. 극적인 사건 이후 '행복하게 살았습니다.'와 같은 동화 속 이야기는 우리 삶에 없다. 결국 행복은 즐거운 일이든 고통스러운 일이든 여러 사건들이 찾아올 때 삶을 대하는 평상시 태도에 달려 있다. 원하는 삶의 목표를 이룬다고 행복해지는 것이 아니다. 지금 이 순간 행복하지 않다면, 어떤 목적을 이룬다 해도 행복해 지지 않는다.

하지만 주저앉고 싶을 만큼 힘든 일이 찾아올 때 이를 긍정적으로만 바라보기는 쉽지 않다. 기독교에서는 '모든 것이 합력하여 선을 이룬다.'고 했다. 예수가 십자가에서 나의 죄를 용서했다는 사실, 오직 믿음으로 의인이 되었다는 사실을 믿는 사람들은 하나님 나라의 백성으로서 그 뜻을 이루는 삶을 살게 된다는 것이다. 즉 좋은 일이든 나쁜 일이든 이는 모두 하나님의 섭리 안에서 우리를 선으로 이끄는 사건이 되는 것이다. 비록 당장 나에게 고통스러운 사건일지라도 그 일은 나에게 더 나은 삶의 가치를 주기 위한 신의 섭리일 수 있다. 어떤 일을 겪든 일희일비할 것이 아니라 모든 일을 신의 섭리로 긍정하는 삶의 태도를 가지라는 것이 기독교 섭리 교리의 핵심이다.

얼마 전 전남 완도에서는 한 30대 여성이 취업과 생활고로 수면제를 먹고 차 안에 들어가 번개탄과 연탄불을 피웠다. 지난 3월에는 한 40대 남성이 치매를 앓는 어머니를 경제적으로 부양할 수 없어 어머니를 차에 태우고 절벽으로 차를 몰아 결국 어머니를 숨지게 했다. 충남의 한 공사장 인부는 체불 임금으로 고통

받다 결국 자살했다. 이해할 수 없는 고통과 어려움은 누구에게 나 찾아올 수 있다. 하지만 그 고통에 굴복할 것인지 극복할 것인 지는 우리가 결정할 수 있는 삶의 태도다. 받아들이기 힘든 부정 적인 일도 신의 섭리 속에 있을 수 있다. 기억하자. 행복은 지금 이 순간에 있다.

\* **참고 자료**

빅터 프랭클, 『죽음의 수용소에서』, 이시형 번역, 청아출판사, 2020.
탈 벤 샤하르, 『하버드는 학생들에게 행복을 가르친다』, 노혜숙 번역, 위즈덤하우 스, 2022.

# 3
## 기
## 녀

"너 페미냐?" 요즘 온라인상에서 남녀평등을 주장하거나 여성에게 이익이 되는 정책을 주장했다가는 무차별적 공격에 시달리게 된다. 아무리 주장의 근거를 진지하게 논해도 "군대나 가라."는 말로 무마되기 일쑤다. 남성들은 페미니즘을 여성 우월주의, 여성에 대한 특혜로 인식하기 때문이다. 이런 피로감 때문인지 여성들도 공개적으로 자신을 페미니스트라고 하지 않는다. 여성을 위한 정책이 필요하다는 것에는 동의하지만, 다수의 여성들도 페미니즘이 갖는 부정적 어감에 공감한다. 심지어 현재 상황에 만족하기 때문에 페미니즘의 필요성을 느끼지 않는다는 여성들도 있다.

그러나 현실을 보면 한국은 성평등이 충족된 사회가 아니다. 여성에 대한 정책이 특혜라고 하기에는 어려운 것이 현실이다. 한국의 유리천장 지수는 OECD 꼴찌이고, 우리나라 100대 기업의 여성 임원 비율은 5%가 되지 않는다. 여성 국회의원은 19%

수준이고, OECD 성별 임금 격차는 1위를 차지하고 있다. 참정권, 재산권과 같은 구조적 불평등이 개선되었고, 채용 할당제 등을 도입해 시행하고 있지만 우리나라에서 여성과 남성의 평등의 실현은 아직도 가야 할 길이 먼 것이다. 그렇다면 페미니즘은 여전히 한국 사회에서 유효한 단어가 돼야 한다.

버지니아 울프는 남성과 여성이 자유와 평등이라는 같은 목적을 갖고 있다고 주장했다. 그녀는 에세이 『3기니』에서 전쟁과 가부장제는 같은 것이라고 말한다. 전쟁의 원인이 된 제국주의, 파시즘 등은 타인에 대한 우월감, 타인의 배제라는 점에서 여성을 억압하는 가부장제와 같다는 것이다. 그러므로 남성이 전쟁 종식을 위해 싸우는 것은 여성이 가부장제에 저항하는 것과 동일하다는 것이다. 그녀는 『3기니』 말미에 "귀하와 저희는 같은 목적을 가지고 있습니다. 그것은 남녀를 막론하고 모든 인간이 한 명 한 명 정의와 평등과 자유라는 대원칙에 따라 존중받을 권리를 천명하는 것"이라고 썼다.

한국 사회의 남성들에게 전쟁은 잠재적인 것이 되었지만, 자유와 평등을 위한 남녀의 목적이 같다는 울프의 주장은 여전히 시사점이 있다. 한국 사회는 남녀를 막론하고 '능력주의'의 전쟁을 치르고 있기 때문이다. 성공과 실패는 개인의 능력에 따른 것이므로 당연하다는 주장은 불평등을 심화시킨다. 부모의 경제력에 따라 교육의 질이 좌우되고, 이는 대학입시와 취업에 영향을 미친다. 개인의 재능과 노력이라는 것도 사교육의 질에 따라 달라질 수 있는 문제다. 공정한 기회, 공정한 경쟁이라고 하지만 사실상 평등하고 자유로운 경쟁이라고 말할 수는 없는 것이다. 부모의 재력과 개인의 재능이라는 특권을 고려하지 않는 자본주의 체제는 경쟁을 더욱 부추겨 불평등을 심화시킨다. 능력주의에 따른 구조적 불평등에 저항해야 한다는 점에서 남성 역시 여성과 동일한 목적을 갖고 있는 셈이다. 한국 여성들의 '페미질'에 3기니를 보태고 싶은 이유다.

**\* 참고 자료**

버지니아 울프, 『3기니』, 김정아 번역, 문학과지성사, 2021.
전혼잎, "'남경 무용론이…", "남성BJ 선물공세로"… 이런 기사, 어색한가요?', 『한국일보』, 2022.03.15.

# 담배

어른이 어린아이의 눈치를 '세게' 봐야 할 때가 있다. 담배를 피울 때다. 근처에 어린아이가 있는지, 나이가 어릴수록 신경을 써야 한다. 꼭 아이만 그런 것은 아니다. 길거리를 걸어 다니며 담배 피우는 것은 몰상식한 행동으로 취급받는다. "아휴, 담배 냄새."라는 말을 듣지 않으려면 건물 뒤쪽 사람이 없는 곳을 찾아 다녀야 한다. 담배꽁초도 문제다. 아무데나 버릴 수 없고, 단속까지 하기 때문에 쓰레기통이 있는 곳이나 쓰레기가 모여 있는 곳 근처를 찾아야 한다. 결국, 사람이 없는 외진 곳이나 쓰레기장 옆에서 담배를 피우게 된다. 불편하고 소수자가 된 것 같지만 그래도 참아야 한다. 내가 담배를 피우는 행위는 행복추구권에 불과하지만, 간접흡연은 타인의 생명권을 위협하기 때문이다.

지하철 장애인 시위도 비슷하다. 아침 출근길, 사람들로 빽빽이 들어차 숨쉬기도 어려운 지하철을 견디는 것은 쉬운 일이 아니다. 예민해질 대로 예민해진 사람들 사이에서 종종 언성이 높아지는 경우도 있다. 심할 때는 쓰러지는 사람까지 생기기도 한다. 이런 상황에서 장애인 시위로 지하철이 지연돼 예상 시간보다 1시간 이상 더 버텨야 한다면 그야말로 욕이 나올 수밖에 없다. 그래도 이해할 수 있다. 소수자인 장애인들이 출근 시간만을 골라 시위를 할 수밖에 없는 것은 당연한 것이다. 그래야 많은 사람들의 주목을 받을 수 있고, 여론을 형성할 수 있기 때문이다. 장애인들의 생명권과 직결된 문제인 만큼 출근 시간의 불편함을 욕을 참으면서도 이해하는 것이다. 그들의 입장이 되어 본다면, 무해한 앵무새를 죽일 수는 없다.

하지만 동성애자의 권리를 지키기 위한 포괄적 차별금지법은 이와는 다른 문제다. 동성애 자체를 부정할 수는 없다. 그것은 개인의 취향이자 선택이다. 다른 사람에게, 또 사회에 피해를 주는 일이 아니라면 어떤 일을 하든 존중해야 한다. 하지만, 개인의 취향을 비판할 수 있는 권리까지 박탈할 수는 없는 일이다. 동성애는 장애인, 인종과 같은 문제가 아닌 취향의 문제이기 때문이다. 동성애를 죄악시하고, 반대하는 종교적 견해는 양심의 자유의 영역이다. 나아가 동성애자에 대한 비판을 막는 것은 표현의 자유를 억압하는 것이다. 동성애자들의 행복추구권과 표현의 자유 중 어떤 것이 더 중요한 가치라고 판단할 수는 없다. 동성애가 생물학적으로 타고나는 것이라는 확실한 과학적 근거는 없다.

누구나 눈치 보지 않고, 위축되지 않은 삶을 자유롭게 추구

해야 한다. 하지만, 그 행위가 타인의 다른 가치를 침해할 가능성
이 있다면, 불편하더라도 소수자가 되어야 한다. 흡연자를 소수
자라고 할 수는 없지만, 길거리를 다니며, 식당에서, 공공 화장실
에서 마음껏 담배를 피울 수 없는 것이다. 동성애도 마찬가지다.
차별금지법은 동성애를 이성애와 동일한 시선으로 봐 달라는 요
구다. 남자가 다른 남자의 손을 잡고 "내 애인이야."라고 당당하
게 말하는 사회를 만들고 싶은 것이다. 하지만, 동성애를 반대하
는 사람들의 표현의 자유, 양심의 자유를 억압하면서까지 그들
의 취향을 존중할 수는 없다. 타인을 배려하지 않는 흡연자에게
불쾌감을 나타낼 수 있듯이, 동성애자를 손가락질할 수도 있다.
그것이 책임 있는 자유다.

**\* 참고 자료**
김지혜, 『선량한 차별주의자』, 창비, 2019.
하퍼 리, 『앵무새 죽이기』, 김욱동 번역, 열린책들, 2015.

# 바이러스

"그렇게 형한테 맞은 애들이 4열 종대 앉아 번호로 연병장 두 바퀴다." 영화 〈공공의 적〉에서 강철중 형사는 정의감에 불타 있다. 비록 눈치가 없고, 무식하게 사람을 때려잡지만 그래도 사람들이 그를 좋아하는 이유는 불의를 보면 절대 용서하지 않기 때문이다. 공직자들의 비리로 염증을 앓고 있는 한국 사회에서 강철중과 같은 경찰이나 검찰은 더욱 그리워지기 마련이다. 사회의 암적 존재들, 우리 사회를 병들게 하는 바이러스와 같은 존재들을 퇴치하려면 그와 같은 강력한 백신이 필요하다.

우리 몸이 건강을 유지할 수 있는 이유도 마찬가지다. 질병을 일으키는 바이러스가 체내에 침투하면 항체 세포가 만들어진다. 항체는 바이러스가 기생하는 조직은 파괴시키지 않으면서도 인체에 해로운 바이러스만 공격해 죽게 만든다. 한마디로 항체는 정의감에 불타는 경찰과 같다고 할 수 있다. 몸의 건강을 유지할 수 있도록 하는 존재가 항체 세포라면, 사회를 건강하게 하고, 민주 질서를 제대로 작동시키는 것이 바로 경찰과 검찰인 것이다.

문제는 면역 기능이 과도하게 작동할 때 생긴다. 몸에 침투한 병원균이 모두 사멸했음에도 항체 세포가 공격을 멈추지 않으면, 오히려 조직을 파괴시킨다. 즉, 과잉 면역 반응이 일어나 염증 수치를 높이를 것이다. 이렇게 과잉 면역에 따라 발생하는 질병이 바로 아토피나 류머티즘 관절염이다. 코로나19도 자가면역성 합병증을 일으킨다.

민주주의 사회에서 경찰이나 검찰과 같은 공권력을 두는 이유는 우리 사회가 합의한 내용이 잘 지켜지도록 하기 위함이다. 즉, 법치가 제대로 이루어져야만 평화롭고 안정된 사회를 유지할 수 있다. 그러나 법치가 과도하게 강조되면, 안정을 넘어 억압으로 발전하게 된다. 공권력의 정당성이 확보되는 민주주의 과정을 훼손하게 되는 것이다. 법치가 제대로 되지 않으면 정치의 장이 무너질 수 있지만, 법치가 지나치면 민주주의 정치 자체를 억압하는 결과를 가져온다.

강철중이 조폭을 때려잡는 모습이나, 불의의 권력과 맞짱을 뜨는 모습은 통쾌하다. 강철중과 같은 경찰이 10명만 있어도 우리 사회가 깨끗하게 정화될 것만 같다. 그러나 동시에 공권력의 과잉은 인권을 침해할 수 있고, 민주주의를 파괴할 수 있다. 노동자들의 파업을 해결하는 과정에서, 정치 집회와 시위를 진압하는 과정에서 공권력의 과잉은 항상 논란이 됐다. 물론 폭력과 불법을 저지른 사람들에게는 제재가 필요하겠지만, 불필요한 과잉진압이 일어나지 않도록 주의해야 한다. 지나친 공권력은 염증을 일으켜 결국 더 큰 병을 만들기 때문이다.

# 진보 vs 보수

　진보와 보수는 목적이 동일하다. 한반도 평화를 생각해 보자. 진보는 대북 포용 정책을 통해 경제 협력을 이루고 북한의 자연스러운 개방을 유도해 평화로운 통일로 나아가자는 것이다. 반면 보수는 북한의 도발을 막기 위해 강력한 국방력 즉, 대북 억제력을 갖춰야 한다는 것이다. 결국, 한반도 평화라는 같은 목적을 갖고 있지만 그 방법에서 차이가 있을 뿐이다.

　진보와 보수는 서로를 필요로 하는 상호보완의 관계다. 보수가 주장하는 법과 원칙, 진보가 주장하는 민주주의가 그렇다. 민주주의가 가능하려면 이를 가능케 해 주는 틀이 있어야 한다. 국민들은 자신의 의견을 자유롭게 표현하더라도 공정하고 안정된 절차를 통해서 이뤄져야 한다. 이러한 법과 원칙이 없으면 자기 이익만 주장하다 다른 사람의 이익을 희생시킬 수 있다. 반면 법과 원칙이 민주주의 과정을 통해 만들어지지 않으면 권위주의 정부가 탄생하게 된다. 권력을 가진 소수가 자신의 이익을 위해 민주주의를 희생시키게 되는 것이다. 결국, 정치는 법치라는 테두리 안에서 이뤄져야 하고, 법치는 정치를 통해 민주성을 확보해야 한다.

진보와 보수는 서로 분리될 수 없는 가치이다. 성장과 분배, 감세와 증세, 대기업과 비정규직 문제도 마찬가지다. 성장 없는 분배는 불가능하고, 분배 없는 성장 또한 불가능하다. 과거 군사독재가 노동자의 희생을 통한 성장으로 비판받지만 당시의 경제 성장이 없었다면 현재와 같은 부를 이루는 것은 불가능했다. 동시에 이제는 분배를 통한 내수시장 활성화가 없다면 경제 성장은 불투명하다. 진보와 보수의 상생은 서로 화합하되 같아지지는 않는, 화이부동(和而不同)을 실현할 때 가능할 것이다.

## 112

"가출 청소년 신고입니다." 고시원 총무 아르바이트를 하던 시절이었다. 누가 봐도 앳된 청소년이 고시원으로 찾아왔다. 짐이나 행색으로 보아 가출로 의심할 수밖에 없었다. 우선 나이가 너무 어려 보였고, 최소한의 짐으로 책이나 이불이 있어야 할 텐데 백팩 하나를 맨 것이 전부였다. 우선 밥부터 먹여야 할 것 같았다. 근처 설렁탕집으로 데려가 밥을 사 주며 이것저것 물어봤다. 예상이 맞았다. 고2 여학생으로 집은 지방이며, 가출을 했다는 것이었다. 저녁을 먹인 후 가출 여고생 모르게 112를 눌렀다.

나에게 경찰은 고마운 사람들이다. 내가 위기에 처했을 때 가장 먼저 찾게 되는 공권력은 경찰이다. 도서관에서 핸드폰을 잃어버렸을 때, 보이스피싱 전화가 왔을 때 112의 도움을 받았다. 길을 가다 화장실이 급할 때 가까운 경찰서를 찾은 적도 몇 번 있다. 경찰들은 항상 내게 친절했고, 최선을 다해 내 문제를 해결해 주려 노력했다. 나를 도와주는 편리한 공권력인 것이다. 민주주의 사회에서 경찰과 같은 공권력은 국민의 생명과 신체, 재산을 보호할 의무가 있고, 나는 국민의 한 사람으로서 이를 누릴 수 있는 권리가 있다.

하지만 이번 이태원 참사에서 경찰은 없었다. 사고가 나기 두세 시간 전 이미 "압사당할 것 같다."라는 구체적 정황이 담긴 112 신고가 있었지만, 경찰은 이를 묵살했다. 당시 상황이 어떠했는지 정확히 알 수는 없지만 최소한 이때라도 경찰력이 투입돼 질서가 지켜졌다면, 사망자는 없었을 것이다. 국민의 생명과 신체를 보호해야 할 경찰이 제 역할을 하지 못한 것이다. 우리나라에서 공권력은 역사적으로 주로 과잉이 문제가 되고, 부재가 문제 되는 경우는 드물었다. 하지만 이번 이태원 사고는 명백한 공권력의 실종 상황이었다. 도움을 요청했지만 묵살한 경찰만 있었다.

또한 많은 사람들이 운집할 경우를 대비한 정책 부재도 문제였다. 국가 정책은 국민들의 목숨을 좌우한다. 1995년 시카고에서는 폭염으로 한 달 동안 700여 명의 사람들이 사망했다. 이 사건을 겪은 시카고 시장은 쿨링센터를 설치하고 냉방이 어려운 독거노인과 가난한 사람들이 이용하도록 했다. 그 결과 1999년에는 폭염으로 사망한 사람이 110명으로 줄어들게 된다. 만약 서울시가 많은 사람이 모일 때를 대비한 정책을 갖고 있었다면 이태원 사고는 일어나지 않았을 것이다. '시체 팔이'라는 말을 들으면서도 이번 이태원 사고가 쉽게 잊혀서는 안 되는 이유가 여기에 있다. 다시는 사고가 재발하지 않도록 철저한 진상 규명이 필요하고, 합당한 정책이 마련돼야 하는 것이다.

경찰은 내게 "가출 학생이 오늘 평생의 은인을 만났다."라며 웃었다. 가출 여고생은 경찰서에서 나를 '밥 사 준 좋은 사람'이라고 진술했다고 한다. 내가 신고한 것은 다른 이유가 있었던 것은 아니다. 다만 이대로 두면 어린 학생의 안전이 위험하다는 생각뿐이었다. 몇 년이 지난 지금, 그때 그 가출 여고생은 나를 어떻게 기억하고 있을까? 방황하는 청소년 시절, 자신의 삶을 바로 잡아 준 고마운 사람이라고 기억하길 바란다. 하지만, 나보다는 고생하며 학생의 부모님과 담임 선생님을 찾아준 경찰에게 더 큰 고마움을 느끼면 좋겠다. 필요할 때 경찰은 항상 내 곁에 있었다. 그런 경찰이 이태원 사고 때는 어디에 있었을까.

**\* 참고 자료**
김승섭, 『아픔이 길이 되려면』, 동아시아, 2017.

# 0

너무 익숙해져 존재감이 없어진 것들이 있다. 그중 하나가 아라비아 숫자다. 전화번호, 달력, 리모컨, 주소, 돈 등등 숫자가 쓰이지 않는 곳이 없기에, 일부러 의식하지 않아도 될 자연스러운 것으로 여겨진다. 하지만 조금만 따져 보면 숫자가 그렇게 자연스러운 것이 아님을 알 수 있다. 특히, 숫자 '0'이 그렇다. 전화기 버튼의 '0'은 9보다 작지만 9 뒤에 있고, 온도계에는 0도가 있지만, 연도를 따질 때 0년은 없다. 태어나면서부터 시간이 흐르기에 0년이 없는 것은 어느 정도 이해가 가지만, 왜 전화기에는 9 뒤에 0이 있을까?

숫자가 발명된 초기에 '0'은 의미를 갖는 수가 아니었다. 단지 '없다'는 것을 나타내는 기호로써만 '0'을 사용했다. 전화기 버튼의 '0'이 9 뒤에 있는 이유는 '0'이 기호로서의 의미만을 갖기 때문이다. 이때의 '0'은 단순히 1, 2, 3, 4 등의 아라비아 숫자들과 구분되는 또 하나의 다른 버튼일 뿐이다. 반면, 오늘날 수학

연산에서 '0'은 없다는 것이 '있음'을 의미하는 수로 여겨진다. 즉, 컴퓨터 연산에서의 '0'은 '없음'의 의미를 갖고 있는 있는 것이다. 이처럼 '0'은 기호의 의미에서 없음 자체를 의미로 가지는 '수'로 발전했다. 그야말로 없음 그 자체가 유용성을 갖게 된 것이다.

생각해 보면 '0'과 같이 '없음'으로 의미를 만들어 내는 것들이 있다. 여백도 그렇고, 그릇도 그렇다. 동양화에서 여백은 그리다 남은 공간이 아니라, 없는 것 그 자체가 그림의 일부분이다. 즉, 여백은 없음으로 그림이 된다. 또 그릇은 텅 비어 있어야 다른 것을 담는 데 사용할 수 있다. 가득 채워져 있어 아무것도 담을 수 없는 그릇은 이미 그릇이 아니다. 창문과 문을 뚫어 놓은 방도 그렇다. 방은 텅 비어 있어야 새로 이사하는 사람이 자신의 마음에 맞게 가장 잘 이용할 수가 있다. 비어 있으면 비어 있을수록 유용성은 커지는 것이다.

아무리 자주 만난다 해도 친해지기 어려운 사람들이 있다. 마음속에 자기만의 생각으로 꽉 차 있는 사람들, 그래서 남의 말이나 마음을 받아들이고 이해할 여유가 없는 사람들이 그렇다. 이들은 자기가 생각하는 것, 행동하는 것이 무조건 옳다고 믿는다. 듣고 싶은 말만 듣고, 하고 싶은 말만 한다. 이처럼 자기 것으로만 가득 차 있는 사람은 다른 사람이 들어갈 자리가 없다. 소통이 안 되니 관계가 만들어지기 어려운 것이다. 대통령은 국민과 잘 소통하고 있을까? 마음의 빈자리가 없는 것은 대통령일까, 국민일까?

**＊ 참고 자료**

네이버 지식백과, '0의 발견'.

# 돈
# 키
# 호
# 테

 꿈은 무모해야 한다. 나에게 주어진 환경과 조건을 따졌을 때 이루어지기 힘든 일이기 때문에 꿈이고 이상이다. 우울하고 고통스러운 현실을 견딜 수 있는 힘은 나에게 꿈이 있기 때문이다. 그래서 꿈은 무모할수록 좋다. 나는 바싹 마른 말, 로시난테를 타고, 다 부스러져 가는 갑옷을 입고, 풍차라는 말도 안 되는 적을 향해 돌진한다. 하지만, 꿈을 향해 달리는 순간 나의 정체성은 현실을 넘어 정의와 사랑을 추구하는 돈키호테라는 기사가 된다.

 사람들은 비웃는다. 시기와 질투 속에서 비아냥거린다. 너의 꼴에 맞는 삶을 살라고 한다. 그 누구도 나의 꿈을 응원하지 않는다. 그러나 현실을 생각하면 할 수 있는 일은 아무것도 없다. 작가가 되려면 지금 당장 글을 써야 한다. 법관이 되려면 법 공부를 시작해야 한다. 기자가 되려면 언론 고시를 준비해야 한다. 어느 누구도 미래의 꿈을 보장받은 사람은 없다. 누구나 나의 꿈이 '돈키호테의 풍차'가 아닐까 의심한다. 이를 극복하고자 노력하고, 실패하고 또다시 도전할 때 꿈은 현실이 된다.

도전했다가 실패하면 어떤가. 실패했더라도 다시 도전하는 것이 중요하다. 자기만의 세계에 빠져 산다는 소리를 들어도 난 돈키호테가 좋다. 남들이 보기에 우스꽝스러우면 어떤가. 꿈을 향해 노력할 때 현실을 넘어서는 경험을 하게 된다. 나만의 꿈, 이상이 없다면 사람은 살아갈 수 없다. 무료하고 고통스러운 하루하루를 꿈을 생각하며 견딘다. 더욱더 무모한, 말도 안 되는 꿈은 그래서 필요하다. 누가 뭐라고 하든 나는 정의의 기사, 돈키호테가 되는 것이다.

돈키호테가 문제 되는 경우는 사회적 수준으로 넘어갈 때다. 개인의 꿈은 타협하는 것이 아니다. 하지만 정치적 판단은 토론과 타협이 필수다. 많은 국민들의 삶에 영향을 끼치기 때문이다. 정치인이란 자신의 꿈을 밀어붙이는 사람이 아니라, 국민들의 뜻을 대의하는 사람이다. 대통령은 돈키호테처럼 모든 여론을 무시하고 일본 편에 섰다. 미국과 중국의 틈바구니에서 살아남기 위해 국민들의 자존심을 뭉개고 일본에 고개 숙이기를 선택한 대통령. 대통령의 꿈은 도대체 무엇인가?

* 참고 자료

미겔 데 세르반테스, 『돈키호테』, 붉은여우 번역, 지식의숲, 2013.

# 봄

영희와 철수는 놀이터에서 놀다가 집으로 함께 들어갔다. 철수는 방으로 들어가자 창문을 닫고 커튼을 내렸다. 이불을 깔고 불을 끈 뒤, 영희에게 이불 속으로 들어오라고 했다. 영희는 마침내 이불 속으로 들어갔다. 철수와 영희는 이불을 함께 둘러쓴 것이다. 그때 철수가 말을 꺼냈다. "내 시계 야광이야."

위 이야기를 읽고 혹시 영희와 철수의 에로틱한 장면을 상상했다면? 이야기의 맥락을 파악할 수 있는 능력을 가진, 다른 사람들과 정상적으로 의사소통할 수 있는 사람이다. 하지만, 아직 이성에 대한 의식을 갖지 못한 어린 아이들에게 이 이야기를 들려준다면 그저 철수가 야광 시계를 자랑하는 이야기로만 생각할 것이다. 이처럼, 세상을 바라보는 시각의 차이에 따라 주어진 현실이 달리 해석되고, 그 해석에 맞게 행동한다.

근대적 세계관. 오늘날 우리의 생각과 행동을 규정하는 틀이다. 근대의 인간은 인간의 관점에서 세상을 바라보고, 이성을 중

시해 과학적 합리성을 추구한다. 자연에서 분리된 인간은 자연을 정복의 대상으로 삼고, 물질적 풍요를 이루어 냈다. 하지만, 과도한 자연과 인간의 이분법은 오늘날 지구 온난화, 기상 이변, 해수면 상승 등을 가져와 인류의 생존을 위협하기에 이르렀다.

『작은 것이 아름답다』의 저자 슈마허는 인류의 생존을 위해서는 더이상 자연을 소득으로 바라보지 않고, 경제 성장을 위해 투입되는 자본으로 간주하는 생태학적 세계관이 필요하다고 말했다. 지금처럼 자연을 소득의 대상으로 간주하면 어떻게든 많은 양을 확보하는 것이 중요해지지만, 인간의 생존을 위한 자원이라 생각하면 가장 적은 양을 투입하도록 노력하게 된다는 말이다.

우리 정부도 오래 전부터 '녹색 성장'을 강조해 왔다. 그러나 그린벨트를 풀고, 국립공원 규제를 풀어 케이블 카를 설치하고, 강 바닥을 긁어 내 배가 다니도록 했다. 결국 '녹색'보다 '성장'에 방점이 찍혀 있었던 것이다. 지속 가능한 성장이 이루어지기 위해서는 국민 모두의 세계관 변화가 선행되어야 한다. 세계관의 변화 없이는 경제 위기의 상황 속에서 환경 보호를 위한 노력은 더욱 소원해질 수밖에 없다.

물론, 세계관의 변화는 쉬운 일이 아니다. 경제 위기의 상황에서 자연을 먼저 생각한다는 것이 미련해 보일 수도 있다. 하지만, 당장을 위해 미래의 생존을 포기할 수는 없다. 힘들다면 작은 것에서부터 시작해 보자. 수수께끼를 풀 때처럼 세상을 조금만 다른 시각으로 보도록 노력하는 것이다. 문제를 하나 풀어 보자. 눈이 녹으면 되는 것은? '물'이 자연스러운 정답이지만 이는 근대적 사고다. 눈이 녹으면 '봄'이 온다.

**\* 참고 자료**

E. F. 슈마허, 『작은 것이 아름답다』, 이상호 번역, 문예출판사, 2022.

# 진짜와 가짜

"오른쪽 커피가 저한테는 맞는 것 같아요, 저도 모르게 자꾸 손이 더 많이 가는데요?" 테이블에는 두 컵의 커피가 놓여 있다. 왼쪽, 오른쪽 컵에는 각각 2000원과 4000원이라는 가격표가 붙어 있고, 한 젊은 여성이 의자에 앉아 맛을 본 뒤 어떤 커피가 더 맛있는지 설명한다. 그리고 설명이 끝나기만을 기다린 실험자는 이렇게 말한다. "둘 다 맥커피예요." 맥도널드에서 커피가 처음 출시됐을 때 광고 중 한 장면이다. 일반 커피 전문점보다 싸게 파는 맥커피를 홍보하기 위해 '이제 별과 콩은 잊으라.'는 캐치프레이즈를 내 걸었다.

기존의 광고들이 제품에 섹시함이나 고급스러운 이미지를 씌워 왔다면, 맥커피 광고는 오히려 그 이미지를 벗겨 냈다. 소비자들을 향해 이미지에 속아 4000원짜리 커피를 마시는 것은 손해 보는 일이라고 알려 준다. 장 보드리야르가 현대 자본주의 사회에서의 모든 소비를 상징적 기호의 소비라고 비판한 것을 생각하면, 이를 역으로 이용하는 시장의 힘은 정말 놀라울 정도다. 그러나 명품 선호에서 보듯 이미지를 소비하는 우리 사회의 강력한 욕망을 생각할 때, 과연 맥커피 광고가 성공했는지는 미지수다.

그만큼 오늘날에는 제품의 질이 아닌 이미지를 소비하는 것이 대중화되어 있다. 이는 정치권도 마찬가지여서 유권자들은 종종 자신의 입장을 대변하는 후보자가 아님에도 그 후보자가 주는 이미지에 따라 투표한다. 선거 때마다 많은 유권자들이 경제 성장 이미지를 강하게 부각시키는 후보에게 투표한다. 우리 사회에는 가난한 사람은 없고, 아직 부자가 되지 못한 사람들만 존재하는 탓이다.

어찌 보면 이미지를 소비하는 일은 행복을 좇는 일 같아 보인다. 그러나 로또 당첨을 꿈꾸는 사람을 허황되다고 말하듯, 부동산 투기로 땅값이 올라 부자가 되려는 꿈은 허망해 보인다. 또 부자와 재벌 기업을 중심으로 성장하면 국민 모두가 잘살게 되리라는 꿈은, 도리어 많은 사람들을 가난하게 만들 수 있다. 경제가 성장하면 국민 모두가 한강에 요트를 띄울 수 있다는 생각은 환상에 가깝다.

2000원짜리 커피를 별다방에서 파는 4000원짜리로 바꾼 것은 브랜드에 씌어진 이미지였다. 광고 속 피실험자는 이미지라는 가짜를 진짜로 둔갑시켜 정말 진짜로 믿었다. 커피라면 다방이 주는 분위기도 있으니 2000원 정도 더 낼 수 있다고 치자. 그러나 자신을 대변해 주지 못하는, 아니 오히려 자신에게 불리한 공약을 내세운 후보를 이미지에 따라 투표하면 자신의 자유와 권리가 침해될 수 있다. 선거 기간만큼은 별과 콩을 잊으라.

# 풍선

풍선은 그 색깔과 종류만큼이나 용도도 다양하다. 한 다이어트 사이트에는 볼살을 빼는 방법으로 풍선 불기를 권하고 있다. 볼에 공기를 최대한 넣고 입 안에서 공기를 좌우로 돌리기를 반복하면 볼 살이 빠진다는 것이다. 이와 함께 '빠삐뿌뻬뽀'를 5번 정도 발음하면 얼굴 전체의 근육이 운동하면서 살이 빠진다고 한다.

한편 군대에서 풍선은 달력으로도 쓰인다. 한 미군 병사는 방 안에 풍선을 매달아 놓고 바람이 빠지기만을 기다린다. 바람이 거의 다 빠져 풍선이 오그라질 때까지 걸리는 시간이 대략 한 달이기 때문이다. 미군 병사는 근무를 마치고 방에 돌아와 제일 먼저 풍선에 대고 "오그라들어라."를 외친다고 한다. 그렇게 오그라든 풍선이 벌써 7개째다.

이뿐만 아니다. 환자에게도 풍선은 유용하다. 정신과 의사들은 공황 장애를 겪는 환자들에게 갑자기 거칠어지는 호흡을 가

다듬는 방법으로 풍선 불기를 권한다고 한다. 놀라거나 심한 스트레스를 받아 호흡 곤란을 겪는 사람들에게 유용한 방법이다. 평소에 스트레스로 숨이 턱 막혀 오는 경험을 자주 한다면 주머니 속에 풍선을 한 개쯤 넣고 다니는 것도 좋을 것이다.

탈북자들로 구성된 한 북한인권단체는 삐라와 1달러짜리 지폐를 풍선에 담아 북으로 날려 보냈다. 삐라에는 '인민이 굶을 때 북한 지도부는 기름진 밥을 먹고 있다' 등의 내용이 빼곡히 적혀 있다고 한다. 이에 대해 북한은 거세게 반발했지만, 통일부는 이들의 풍선 날리기를 막을 법적 근거가 없다고 했다.

북한의 아이들은 배고픔을 이기지 못해 죽어 가고 있다. 탈북을 시도하다 실패하면 즉시 사살당하거나 감옥에 갇혀 고통스러운 삶을 살게 된다. 이러한 실상을 알리는 것은 분명 북한 정권을 위협하는 일일 것이다. 하지만, 주민들의 고통은 생각지도 않고 오직 핵무기를 만들어 체제 유지에만 급급한 북한 정권은 이미 어떤 근거로도 정당화될 수 없다.

어린아이든 어른이든 풍선을 손에 쥐고 거리를 걸으면 즐겁다. 어린아이는 하늘에 둥둥 떠 있는 풍선을 신기해하고, 어른들은 풍선을 보며 어렸을 때의 기분을 그리워한다. 이제는 북한 어린이들의 손에도 삐라 풍선이 아닌, 고운 빛깔의 풍선을 손에 쥐고 놀이공원에서 가족과 함께 즐거워해야 하지 않겠는가?

## 흑인

대학 시절, 기숙사 샤워장에서 흑인과 단 둘이 샤워를 한 경험은 특별한 것이었다. 늘 해 오던 대로 탈의실에서 옷을 벗고, 샤워실 문을 여는 순간 멈칫하지 않을 수 없었다. 한 흑인 학생과 눈이 마주친 것이다. 어색함에 샤워실을 다시 나오고 싶었지만, 혹시나 그 외국 학생에게 불쾌감을 줄까 싶어 그러지도 못하고 결국 아무렇지도 않은 척 재빨리 샤워를 마쳤었다. 모르는 사람과 목욕을 하기는 대중 목욕탕에서도 마찬가지인 것으로 볼 때, 아마도 외국인, 그것도 피부색이 까만 사람과 알몸으로 마주한다는 것이 부담스러웠던 것 같다.

그래도 대학에서 듣고 배운 것이 있어, 인종차별주의자들은 몰상식하며, 비이성적이라는 비판적 시각을 갖고 있었다. 그러나 막상 흑인과 알몸으로 마주했을 때 사람을 보고 그렇게 깜짝 놀라기는 처음이었던 것 같다. 생각해 보면 내가 KKK단이나, 스킨헤드 같은 적극적인 인종차별주의자는 아닐지라도 흑인보다 백인에게 더 호감을 갖는다는 사실을 부인할 수는 없을 것 같다. 나는 지금까지 패션 잡지에 나온 흑인 여성 모델들을 예쁘다고 느낀 적이 없다. 사실, 나는 예쁜 흑인 여성을 본 적이 없다.

나도 모르는 사이, 내가 가진 미의 기준은 늘씬하고 백옥 같이 하얀 피부를 가진, 금발의 백인 여성이었던 것이다. 에드워드 사이드는 '오리엔탈리즘'을 '동양에 대한 서양의 타자화'로 정의했다. 서양과 동양을 문명과 야만, 근대와 전근대, 남성과 여성으로 대비시킴으로써 서양 자신의 우월한 지위를 확인한다는 것이다. 오늘날 이러한 오리엔탈리즘은 동양 그 자체에 내면화되어 스스로를 서양보다 전근대적이고 야만적인 것으로 인식한다는 것이 사이드의 주장이다. 그러나 오리엔탈리즘을 공부하더라도, 내 몸에 배인 편견이 자동적으로 제거되지는 않는 것 같다.

얼마 전 TV 다큐멘터리에서 한류 열풍을 소개했다. 중동의 어느 국가에서 우리나라의 중고차와 버스가 달리고 있는 모습을 비춰 줬다. 버스에는 실수인지, 아니면 일부러 그런 것인지 알 수 없지만 한글로 써 있는 글씨가 그대로 붙어 있었다. 시장에서 장사를 하는 한 상인의 티셔츠에는 '강원도청'이라는 글씨가 프린트 돼 있었다. 다큐를 보는 내내 속으로 웃었던 웃음에는 우리나라에 대한 자부심과 그들 나라에 대한 깔봄이 섞여 있었다. 내 티셔츠에 있는 영어 문장들을 미국 사람들이 보면 어떤 느낌일까?

**\* 참고 자료**

박홍규, 『박홍규의 에드워드 사이드 읽기』, 우물이있는집, 2003.

# 피그말리온

초등학교 시절 국어 선생님이 좋았다. 국어를 잘한다고 칭찬해 주었기 때문이다. 그것이 선생님의 빈말이었을지도 모르지만 나는 스스로 국어를 잘하는 학생이라 믿었고, 선생님의 기대를 충족시키기 위해 국어를 더 열심히 공부했었다. 영어도 그렇다. 영어 학원을 다니면서 선행 학습을 했고, 선생님들께 칭찬도 받았다. 자연스럽게 학교에서 배우는 영어는 쉬웠다. 시험을 보면 좋은 점수를 받았다.

피그말리온 효과라는 것이 있다. 피그말리온은 그리스 신화에 나오는 조각가인데, 이상적인 여자를 조각해 놓고 사랑하게 되고, 그 간절한 사랑에 감동받은 아프로디테가 조각상을 사람으로 만들어 줬다는 이야기다. 피그말리온 효과는 '긍정적인 기대가 좋은 성과를 낸다'는 말이다. 학창 시절, 내가 영어를 잘할 수 있었던 것은 어쩌면 나를 지지해 주는 선생님의 기대가 있었기 때문이었다.

삶이 팍팍해질수록 칭찬이 그리워진다. 나의 목표와 기대를 얘기했을 때, 격려해 주고 칭찬해 주는 사람을 만나고 싶다. 자신의 열등감을 드러내지 않고 남이 잘되는 것을 기꺼이 받아들일 수 있는 마음이 넓은 사람이 그립다. 그것이 빈말이어도 좋다. 그 하얀 거짓말은 나에게 희망을 주고, 관계를 더욱 돈독하게 만드는 계기가 될 것이기 때문이다. 입에 발린 소리라도 악의가 없다면 듣기에는 좋지 않은가!

이처럼 희망을 위한 빈말과 거짓말이 항상 나쁜 것은 아니다. 정치인의 말도 그렇다. 국가가 어려움에 처해 국민들의 고통이 심한 상황이라면 희망을 주는 말은 약이 될 수 있다. 일자리를 만들고 번영과 자유, 경제 성장을 이뤄 내겠다는 정치인의 포부가 많은 사람들에게 희망을 주는 것이다. 실제로 어떻게 될지는 모른다는 점에서 그것이 빈말일지라도 희망의 언어로 작동한다. 피그말리온 효과를 내는 것이다.

문제는 정치인이 비리에 연루됐을 때다. 주가 조작, 논문 표절, 뇌물 수수, 정경 유착 등을 일삼는 정치인들은 희망을 얘기해 봐야 거짓의 언어밖에 되지 않는다. 아무리 국민들에게 희망을 주기 위해 좋은 말을 해도 위선과 거짓의 정치인이 되어 버리는 것이다. 희망이 아닌 더 큰 실망과 상처만을 주게 된다. 여야 모두 서로의 부정부패를 비난하고 있다. 같은 당 내부에서도 싸운다. 재미는 있으나 희망이 없다.

**\* 참고 자료**
조지 버나드 쇼, 『피그말리온』, 김소임 번역, 열린책들, 2011.

# 어떻게든

　유격 훈련은 PT체조로 시작한다. 같은 동작을 수십 번씩 반복해 사람 진을 다 빼놓고서는 외나무다리 건너기, 장애물 넘기 등을 시킨다. 사람이 가장 공포심을 느낀다는 2층 높이에서 뛰어내리기, 눈물, 콧물을 다 쏟아내야만 끝이 나는 화생방까지. 여기까지 했다고 안심할 일이 아니다. 20Kg짜리 가방을 만들어 수십 킬로미터를 걸어야 한다. 졸음을 이기지 못해 걷는 도중 논두렁으로 고꾸라지는 사람이 있는가 하면, 그 자리에 쓰러져 앰뷸런스에 실려 가는 사람도 있다. 유격 훈련을 하며 자연스럽게 드는 생각은 '어떻게든 살아남아야 한다.'는 것이었다.

　'막장'이라는 말 속에도 '어떻게든'이라는 말이 숨어 있다. 어떻게든 시청률을 올려 살아남아야 한다는 막장 드라마, 어떻게든 생계비를 마련하기 위해 친구를 원조 교제시키는 가출 청소년들, 무슨 수를 써서라도 어떻게든 여당/야당을 막아야만 하는 막장 국회. 종목만 바뀌었을 뿐, 군대에서 느낄 수 있는 인간에 대한 야만성과 절박함은 그대로다. 군대에서 하는 훈련이 전쟁 상황을 가정한 것이라서 그렇다면, 우리 사회는 지금 보이지 않는 전쟁 상황인지도 모른다.

영화 〈배틀로열〉은 보이지 않는 사회 속의 전쟁을 보이는 전쟁으로 표현했다. 실업자가 천만 명을 넘어서고, 등교 거부 학생이 수십만 명에 이르는 일본 사회가 배경이다. 정부는 배틀로열 법을 제정해 매해 전국에 있는 중3 학급 가운데 한 학급을 뽑아 무인도로 보낸다. 그리고 최후의 승자가 남을 때까지 서로를 죽이게 한다. 정부의 목적은 약육강식의 사회 속에서 어떻게든 살아남을 수 있는 생존법을 체득시키기 위함이다. 영화는 수단과 방법을 가리지 않고, 치열한 전쟁을 치르며 살아가는 오늘날 우리들의 모습을 그리고 있다.

생존 경쟁의 시대에 남이야 어찌되든 돈만 벌면 그만이고, 불법이든 편법이든 세금을 줄이는 것이 합리적이라 여겨지는 것이 현실이다. 부동산 투기로 부를 얻는 것이 가장 빨리 부자가 될 수 있는 길이며, 노동자든 농민이든 능력 없는 사람은 도태되고 가난한 것이 당연하다. 오히려 남들 다 하는 것을 나만 안 하면 바보 되는 세상이다. 여기에는 '어떻게'라는 질문만 있을 뿐, '왜' 라는 가치와 정당성에 대한 물음은 존재하지 않는다. 유격 훈련을 신입 사원의 오리엔테이션으로 시행하고, 새해 온 가족이 해병대 유격 캠프를 떠나 '올해에는 어떻게든 살아남자.'는 결의를 다지는 사회. 막장의 시작은 여기부터다.

# 얼굴

　공포의 돈가스. 요즘 이등병은 '이등별'의 대우를 받는다지만, 내가 군 생활을 할 때만 해도 구타 가혹 행위가 심했다. 훈련소에서 자대 배치를 받고 처음 주어진 일은 취사장 청소. 취사병 고참이 국을 끓이고 있을 때는 국자로 맞았고, 무를 씻고 있을 땐 무로 맞았다. 한번은 하얀 튀김가루가 입혀진 냉동 돈가스로 맞았는데, 그날 저녁 메뉴가 돈가스였던 것. 그런데 똑같이 잘못을 해도 동기는 나보다 항상 덜 맞았다. 나중에 고참에게 듣게 된 이야기지만, 동기가 불쌍해 보였다는 것이다. 동기는 까무잡잡한 얼굴에, 덧니가 튀어나오고, 몸도 부실해서 힘쓰는 일은 거의 내 차지였다. 이등병 시절 엄마가 보고 싶기는 나도 마찬가지였지만, 그 아이는 하루 종일 엄마가 보고 싶어 울먹이는 표정을 지었다. 물론, 계급장에 작대기가 늘어갈수록 그 아이 표정도 달라지긴 했지만.

　확실히 불쌍한 얼굴은 동정심을 자아낸다. 길거리에서 엄마를 목놓아 부르며 울고 있는 어린아이의 표정을 보고 있자면, 내가 울고 싶어져 그냥 지나칠 수가 없다. 모르는 사람이라도 아픔을 호소하며 괴로운 표정을 짓고 있는 사람을 그냥 외면하면 혹시 잘못되지는 않았을까 찝찝한 마음이 남기도 한다. 이처럼 얼굴에는 사람의 마음을 움직이는 힘이 있다. 이때 작용하는 힘은 강한 권위에 눌려 어쩔 수 없이 복종해야 하는 힘도, 사람의 근육에서 나오는 물리적인 힘도 아니다. 오히려 정반대의 힘 즉, 약하고, 깨질 것 같고, 아무런 저항도 할 수 없음에서 나오는 힘이다. 명령과 압제에서 나오는 힘은 나를 제한할 수는 있지만, 내 마음과 생각까지 제압할 수는 없다. 반면, 약자로부터 나오는 힘은 내 마음 속까지 파고들어 생각과 행동을 바꾸어 놓는다.

　재개발 지역으로 확정되어 삶과 직장의 터전을 잃어버린 철거민의 얼굴에도 그런 힘이 있다. 임금 체불로 고향에 계신 부모님의 생계비를 지원할 수 없는 노동자들의 얼굴에도, 편견 속에서 멸시받아야 하는 외국인 노동자의 얼굴에서도 그런 힘을 느낄 수 있다. 아이티의 아이들은 진흙으로 쿠키를 구워 먹다 배에 기생충이 생겨 죽는다. 우리와 불과 수십 킬로미터 떨어진 북한에서도 많은 어린이들이 굶어 죽고 있다. 그러나 TV 뉴스가 비추는 얼굴은 바쁜 일상 속에서 쉽게 잊어진다. 신문을 통해 전해 듣는 이야기들은 마음을 아프게 하지만 그때뿐이다. 당장 나의 일이 더 급하기 때문이기도 하고, 힘든 이야기, 어떻게 해결될 수 없는 어려운 문제이기에 외면하기도 한다. 동시대를 살아가는 나의 이웃의 이야기이고, 이것이 엄연한 사실임에도 우리는 그들의 얼굴을 잊으며 살아간다.

그러나 외면한다고 있는 사실이 없어지는 것은 아니다. 오히려 타인의 아픔을 외면하고 자신의 욕망만을 만족시키며 살아갈 때 가슴 한편은 더욱 아려 온다. 약자들의 얼굴에서 느껴지는 힘은 내 삶이 그들보다 더 안락하고, 만족스러워질수록 더욱 커지기 때문이다. 즉, 내 삶이 타인이 아닌 나 자신에게만 초점이 맞추어져 있을 때 타인에 대한 윤리적 요구는 더욱 강해지는 것이다. 개인의 경제적 자유를 최고의 가치로 삼는 신자유주의가 문제되는 것도 이 때문이다. 신자유주의는 개인의 이기심이 극대화되면 모든 사람이 만족할 수 있다는 것이지만, 이기심이 지나치면 인간과 사회는 피폐해질 수밖에 없다. 강한 이기심이 당연히 개인의 욕구를 최고로 만족시켜 줄 것으로 생각하지만, 이기심이 강하면 강할수록 오히려 자신을 잃어버리게 되는 것이다.

나의 삶을 만족시키고, 자유롭게 할 수 있는 길은 타인의 얼굴 속에 있다. 타인의 삶을 수용하고, 그들에게 호의를 베풂으로써 자신의 삶이 더욱 확고해지는 것이다. 헐벗은 모습으로 정치적, 경제적, 사회적 불의에 짓밟힌 우리 이웃들의 얼굴과 마주할 때 그들을 받아들이고, 책임지고, 그들을 대신해 짐을 지고, 섬기고, 사랑하는 과정 속에서 진실한 삶을 발견하게 되는 것이다.

내 동기는 결국, 소대장의 배려로 그나마 구타가 적은 중대 행정반에서 서류 업무를 보게 되었다. 물론 내가 해야 할 일은 두 배로 늘어날 수밖에 없었다. 당시에는 너무 억울하고, 그 친구가 싫기도 했지만, 결국 우리는 짧지 않은 군 생활을 무사히 마쳤다. 전역하던 날 우리는 군 부대 근처 분식집에 들렀다. "아줌마, 여기 돈가스 두 개요."

# 눈물

　〈눈물이 주룩주룩〉, 〈1리터의 눈물〉. 자신은 슬프다고, 그것도 과도하게 슬픈 내용이라고 보란 듯이 밝히는 영화들이 있다. 극장에서 범죄 스릴러 영화를 보는 도중 뒤편 어딘가에서 "주인공이 범인이래."라는 말이 들리면 가서 때려 주고 싶은 것처럼, 제목부터 '너는 울어야 해.'라고 말하는 영화는 보기도 전에 김이 샌다. 이런 영화는 킬링 타임 용 액션이 지겨울 때, 혹은 슬픈 영화를 보고 싶기는 한데 찾기가 귀찮을 때가 제격이다. 그래도 가끔은 울기로 작정을 해서인지, 뻔한 스토리이지만 닭똥 같은 눈물을 흘리는 데 성공하기도 한다.

　산이나 바다 같은 광대한 자연을 보며, 인간과 삶의 하찮음을 느끼고 이에 위로를 받는 것처럼 눈물을 흘릴 때 사람들은 위로를 받는다. 슬픈 영화를 일부러 찾아서 보는 것도, 친구들과 어느 장면에서 무엇이 가장 슬펐다고 말하는 것도 자신이 인간임을, 따뜻한 마음을 가졌음을 서로 확인하며 위로를 받기 위함이다. 이처럼 눈물은 타인의 삶을 공감하는 확실한 도구이고 증거가 된다. 이 때문에 작가들은 관객을 울리기 위해 스토리를 만들고, 그 성공 여부는 관객이 얼마나 많은 양의 눈물을 흘렸는가에 좌우되곤 한다.

그러나 생각해보면 슬픈 얘기는 항상 우리 주변에 있다. TV 뉴스와 신문만 봐도 항상 슬픈 얘기투성이다. 철거민들이 화염병을 들고 자신의 집을 지키기 위해 농성을 하던 도중 건물에 불이 붙어 목숨을 잃었다는 이야기, 이들을 진압하던 경찰이 초등학생 딸을 남기고 숨졌다는 기사, 아버지는 막노동을 하시고 중국말을 잘했던 어머니는 4살 이후에는 볼 수 없었다는 한 초등학생. 이 아이는 인터뷰에서 이 다음에 돈을 많이 벌어 아버지와 햄버거를 배불리 먹고 싶다고 했다. 이처럼 언론은 하루도 빠지지 않고 가슴 아픈 얘기들을 전한다. 너무 자주 접하는 일이라 그런지 웬만해선 눈물이 나지 않는다.

사람들은 슬픈 영화를 보기 위해 내는 돈만큼, 지하철에서 구걸하는 사람들에게 지갑을 여는 것을 어려워한다. 눈물을 흘리기 위해 만들어 놓은 계획된 스토리에는 감동받지만, 우리 주변에 있는 슬픔에는 오히려 무감각한 것이다. 하지만 울기로 작정하고 흘린 눈물은 어딘가 계면쩍은 데가 있다. 인정받기를 의도하고 자랑을 늘어놓자마자 갑자기 상대방이 칭찬을 쏟아 냈을 때와 같은 느낌이다. 우리 주변의 아픔에는 별 관심이 없지만, 일부러 슬픈 영화를 보며 눈물을 흘리는 것은 그만큼 계면쩍은 일이다.

진짜 눈물은 의도하지 않았을 때 갑자기 터져 나오는 그런 눈물이다. 마음의 준비도 없었는데 감동받는 것, 현실 속에서 이웃의 아픔에 공감하며 복받치는 마음에 흘리는 눈물이 진짜인 것이다. 어찌 보면 슬픈 영화는 눈물 흘리기를 힘들어하는 현대인들을 위해 탄생한 처방약인지도 모른다. 너무 사랑했는데 알고 보니 남매였다는 이야기, 사랑했지만 결국 시한부 인생으로 죽는다는 이야기. 이런 극단적인 스토리들은 충분히 슬프지만 작가들이 관객의 눈물을 짜내기 위해 만들어 놓은 장치일 뿐이다. 슬픈 영화를 보며 충분히 눈물을 흘렸다면, 이제는 진짜 눈물을 흘려도 좋을 것이다.

# 벌레

　　나는 벌레일까? 돌아보면 내 삶은 벌레가 되지 않기 위한 몸부림이었을지도 모른다는 생각이 든다. 대학 졸업 후 취직할 때까지 내가 생각하는 최고의 삶을 위해 살아왔다. 내가 원하는 좋은 직장에 취직하기 위해 안간힘을 쓰면서 살아왔던 것이다. 하지만 어떤 직장이든 힘들지 않은 일은 없었다. 그것이 업무 자체에서 느끼는 괴로움이든, 인간관계의 괴로움이든 괴롭지 않은 곳은 없었다. 남들이 보기에 부러워할 만한 직장에 다닌다고 삶이 행복한 것은 아니다. 좋은 직장이 곧 행복을 보장해 주지는 않는다.

　　카프카의 소설 『변신』은 어느 날 눈을 떠 보니 벌레로 변한 사람의 이야기다. 그런데 이 사람, 벌레가 된 자신을 걱정하는 것이 아니라 출근 시간을 걱정한다. 상식적으로 빨리 다시 사람의 모습으로 되돌아갈 수 있는 방법을 찾아야 할 텐데, 그런 생각은 하지도 않는다. 직장을 걱정하고, 부양하고 있는 가족들의 미래를 걱정한다. 기계의 부품처럼 돈 때문에 일터에 나가야 하는 삶을 풍자하고 있는 것이다. 매일 같은 길로 출근하고, 영혼 없이 하루 종일 직장에서 일하다가 또다시 같은 길로 퇴근하는 우리의 삶은 곧 벌레와 같다. 월급이라는 스팀팩을 매달 맞아가며 아무 생각 없이 하루하루를 사는 것이 우리들의 모습이다. 왜 살아야 하는지 이유는 모른다. 그저 월급이 필요할 뿐이다.

하지만 생각해 보면 현대 자본주의 사회에서 더 나은 삶의 방법은 없을 듯하다. 주어진 직장 일에 충실하고, 괴롭더라도 참고 묵묵히 일하는 방법 외에는 다른 뾰족한 수는 없다. 태어나기를 돈 걱정 없이 태어나거나, 로또가 당첨되거나, 코인으로 대박을 터뜨리지 않는 이상 벌레같이 사는 것 외에는 다른 방법이 없는 것이다. 영혼이 없는 벌레 같은 삶을 살지 않기 위해 자유 시간이 많은 다른 일을 한다 해도 어느 정도의 스트레스는 있고, 매일 출퇴근해야 하는 고통은 따른다. 결국 살아가기 위해서는 월급이 필요하고, 월급을 얻으려면 나 자신을 잃어버린 채 일터에 나의 자유를 반납해야 한다. 이러한 삶은 인간의 숙명이고 변화시킬 수 없는 현실이다. 결국 우리는 모두 벌레일 뿐이다.

자유를 빼앗긴 벌레. 그러나 아무리 벌레라도 인격까지 잃어서는 안 된다. 사람이라면 가져야 할 정직함과 성실함, 진실됨을 버린다면 그건 진짜 벌레다. 어차피 벌레같이 사는 인생인데, 거기서 조금 더 잘나겠다고 논문을 표절하고, 각종 증명서를 위조

한다. 다른 사람은 모른다고 해도 본인 자신은 알고 있지 않은가. 경력을 조작했다는 사실, 대리 시험을 봤다는 사실을 알고도 어떻게 떳떳할 수 있을까. 능력주의 사회에서 능력을 조작하면 스스로 능력이 없음을 인정하는 것인데 어떻게 안 그런 척하며 사기를 치며 살 수 있을까. 그런 삶이 행복할까? 이런 사람들이야말로 인격을 잃어버린 진짜 벌레들이다.

'조용한 퇴사'가 화제가 됐었다. 월급 때문에 직장을 그만둘 수는 없지만 정해진 업무만 정해진 시간에 하는, 최대한 소극적으로 일하는 것을 말한다. 직장에서 에너지를 빼앗기지 않고 최소화함으로써 자신의 삶을 지키는 것이다. 회사의 부품으로 월급의 노예가 되지 않는 최선의 방법이라 생각한다. 일터에서 최대한 에너지를 적게 쓰고 다른 시간에 내가 하고 싶은 일을 마음껏 하는 것. 이것이 벌레의 삶에서 조금이나마 벗어나는 방법이 아닐까 싶다. 카프카도 직장을 다니면서 나머지 시간에 글을 썼다. 어쩌면 카프카는 벌레 같은 직장 생활에 회의를 느껴 『변신』을 썼는지도 모른다. 벌레 같은 현실을 바꿀 수는 없지만 인격을 잃어버리지는 말자. 그건 벌레보다 못한 삶이다.

**\* 참고 자료**
프란츠 카프카, 『변신』, 이재황 번역, 문학동네, 2011.
손관승, '조용한 퇴직과 카프카 현상', 『매일경제』, 2022.12.16.

# 4대강 함안보

* 기자 시절, 작성했으나 출고되지 못한 기사를 붙입니다.

"바람아 불어라. 5천 원 줄게. 내 일당에서 띠이 줄게." 경남 창녕군 길곡면 낙동강 18공구 함안보 공사 현장. 폭염주의보가 내려진 날씨였지만, 공사장은 긴박하게 돌아갔다. 임시 물막이로 막아 놓은 보 앞 모래사장 한가운데 서 있으면 마치 중동의 한 공사 현장에 서 있는 착각이 들 정도였다. 인부 김성훈(이하 인부 이름은 가명) 씨는 "몸은 부서져도 마음만은 즐겁게 먹어야 한다."며 바람을 부르는 노래를 즉석에서 작곡, 작사했다. 노래를 부르자 햇볕과 고된 노동으로 지친 인부들의 얼굴에 웃음이 번졌다.

함안보(길이 549.3m)는 원래 13.2m 높이로 건설될 계획이었다. 그러나 정부는 지난 2월 3일 보 높이를 10.7m로 변경하고, 관리 수위도 기존 7.5m에서 5m 낮추기로 했다. 올 3월 10일에는 임시 물막이 높이도 기존 11.5m에서 5m로 낮췄다. 함안보를 세울 경우 보 상류 지역에서 침수 피해가 일어날 것이라는 '운하반대교수모임'의 주장 때문이었다. 당시 정부 측은 "'교수모임'이 피해 면적을 과장했다."고 맞섰다. 이처럼 함안보는 4대강 보 공사가 진행 중인 16곳 가운데서도 특히 이목을 끄는 곳이다. 여기에 김두관 경남도지사 당선자가 4대강 살리기 사업을 재검토해야 한다는 입장을 밝히고 있다. 4대강 살리기 사업에 대한 찬반 논란이 벌어지는 가운데 공사를 직접 담당하고 있는 인부들은 어떤 생각을 갖고 있는 지 궁금했다. 지난 20일부터 21일까지 함안보 공사 현장의 잡부로 일하면서 그들의 목소리를 들어봤다.

### ◆ 함안보는 전시 상황, 장마 전까지 보 하단부 공사 마쳐야

"오후 3시에 수자원공사에서 나올 예정이니까 빨리빨리 하세요." 공사 진행을 맡고 있는 정원종합산업 양대원 차장이 철근에 붙은 콘크리트 찌꺼기를 떼어 내야 한다며 기자를 재촉했다. 다음 단계의 작업을 진행하기 위해 GS건설과 수자원공사의 허가를 받아야 한다는 것이었다. 작업은 휴일 없이 아침 7시부터 저녁 6시까지 주간반과 저녁 7시부터 다음날 새벽 6시까지 야간반으로 나눠 진행되기 때문에 수자원공사 역시 24시간 대기하고 있었다. 정원종합산업 장장원 반장은 "새벽 3시든 4시든 전화만

하면 바로 달려온다."고 말했다. 수자원공사 관계자도 "휴일, 야간 할 것 없이 항상 1~2명은 대기하고 있다"고 밝혔다.

공사장에서는 보 공사와 함께 임시 물막이를 잘라 내는 작업도 한창이었다. 원래 11.5m였던 가물막이 높이를 낮춰 5m로 만드는 것. 장마가 시작돼 강물이 불어나면 임시 물막이 안쪽으로 물이 흘러내리도록 하기 위해서다. 또 상류와 하류에 설치된 임시 물막이에는 직경 1m의 충배수관이 각각 3개씩 설치돼 있어, 수위가 높아지면 수자원공사의 판단으로 관을 개방해 임시 물막이 안쪽으로 물이 차게 된다. 이 때문에 장마가 시작되기 전까지 물이 들어오는 보 하단부 공사가 완료돼야 하는 것은 물론, 수질을 악화시킬 수 있는 건축자재들을 모두 공사장 밖으로 옮겨야 한다. 함안보 공사 현장에 온 지 20일 됐다는 정원종합산업 이윤원 주임은 "함안은 전쟁터다. 이런 곳은 처음 본다."고 말했다. 수자원공사 관계자는 "이 지역은 원래 침수가 잦은 지역인데 장마 때 피해가 발생하면 보 공사 때문이라며 모든 책임을 뒤집어쓸까 걱정된다."고 말했다.

### ◆ 인부들 "보 건설은 계속될 수밖에 없다"

공사장 인부들은 4대강 공사를 어떻게 생각하고 있을까? 저녁 6시 40분. 주간반 근무를 마친 인부들이 묵고 있는 컨테이너

숙소는 발걸음 소리조차 내기 미안할 정도로 고요했다. 간간이 TV 소리만 문틈으로 새어 나오고 있었다. 외출을 하거나 여러 사람이 모여 술자리를 갖는 일도 없었다. 인터뷰를 위해 조심스럽게 노크를 한 후 방문을 열자 목수 유재훈 씨가 방에 누워 TV를 보고 있었다. 그는 "공사를 마친 사람들 대부분이 그냥 방에 들어와 쉰다."며 "다음 날 작업을 나가야 하기 때문에 주말에도 외출할 엄두를 못 낸다."고 말했다.

숙소를 차례로 돌며, "오늘 처음 온 인부인데 인사드리러 왔다."고 소개하면서 공사 현장의 분위기를 물었다. 목수 김관준 씨는 "정부 관계자, 정치인들이 많이 온다는데 누가 오는지도 모른다."며 "일에 집중하다 보면 다른 데 신경 쓸 겨를이 없다."고 말했다. 목수인 김용하 씨는 "지금까지 들인 돈이 얼마인데 지금 와서 취소하는 게 말이 되느냐."고 말했다. 면 보수를 하는 권준호 씨는 "요새 일이 없는데 그나마 4대강 공사라도 있어서 다행"이라고 말했다. 권 씨는 "요즘 같이 어려운 때에 우리 같은 사람들에게는 일자리가 생겨 좋다."고 말했다. 그러나 인부들도 장마를 걱정하고 있었다. 장마가 시작되면 공사가 중단돼 일자리를 잃을 수도 있기 때문이다. 목수 유 씨는 "비가 오면 공사를 못할 텐데 지금 일하러 오면 어떡하느냐."며 "비 때문에 일을 할 수 없는 사람들은 다 나가고 최소 인원만 남게 될 것"이라고 말했다.

## ◆ 오호리와 증산리 주민들의 상반된 이해관계

　이틀간 함안보 공사 현장에서 잡부로 일한 후, 셋째 날에는 주변 마을 주민들의 의견을 들어보기로 했다. 가장 먼저 찾은 곳은 증산리의 조그마한 식당. 식당에는 마을 주민 다섯 명이 모여 술을 마시고 있었다. 함안보 건설에 대한 의견을 묻자 한 노인은 "나라에서 잘못된 일을 하겠느냐."며 "환경 오염 얘기가 있는데 그런 건 박사님들이 잘해 주실 것"이라고 말했다. 옆에 있던 식당 주인은 "박정희 때도 고속도로 건설에 반대하는 사람이 많았지만, 지금은 얼마나 좋으냐."고 말했다. 증산리 주민들은 4대 강 공사로 마을 일대가 개발되리라는 기대감에 대부분 찬성하는 입장이었다. 그러나 증산리 바로 옆 마을인 오호리 주민들은 함안보 공사를 완강히 반대하고 있었다. 오호리의 한 주민은 "이번 장마로 보가 잘못되면 좋겠다."고 말할 정도로 분에 차 있었다.

　낙동강은 오호리에서 함안보를 거쳐 증산리 방향으로 흐른다. 보가 건설되면 관리수위(5m)에 따라 오호리 쪽은 수위가 상승하게 된다. 문제는 수위가 높이지면 주변 농경지 아래에 흐르는 지하수 수위도 높아져 습지화될 우려가 있다는 점이다. 실제로 지난 4월 21일자 A13면 본지 보도에 따르면 운하반대교수모임 측은 "함안보가 지어지면 제방 너머 지하수의 수위를 올려 함안보 상류 지역의 지하 수위가 2.5~2.6m 올라가 농경지 등이 대거 침수될 것"이라고 주장한 바 있다. 또 주민들은 안개가 자주 끼게 돼 일조량도 부족해질 수 있다며 우려하고 있다. 오호리의 한 주민은 "고추 농사를 짓고 있는데, 함안보가 완성되면 안개 때문에 농사가 잘 안 될 것"이라며 "어떻게 먹고사느냐."고 말했다.

반면 함안보 아래쪽에 있는 증산리 주민들은 4대강 공사를 반기는 분위기다. 증산리의 한 주민은 "수상스키도 탈 수 있고, 공원도 생긴다는데 나쁠 것이 있겠느냐."며 "공사가 끝나면 관광객도 많이 올 것"이라고 말했다. 증산리는 함안보 공사 이후 땅값도 올랐다. 증산리의 김민혁 공인중개사는 "증산리는 오호리보다 30% 정도 땅값이 비싸다."고 말했다. 김 씨는 "원래부터 증산리가 오호리보다 비쌌다."면서도 "4대강 공사 이후 개발 기대감에 가격이 더 오른 것이 사실"이라고 설명했다. 증산리에서 공공근로사업으로 한 달에 20만 원을 받으며 쓰레기를 줍는 일은 하는 한 할머니는 "우리 세대에는 누리지 못한 것이지만, (4대강) 공사로 우리 손자, 손녀들은 좋은 생활을 하면 좋겠다."고 말했다.

### ◆ 오호리, 보상 문제 해결 못 해

오호리 주민들이 4대강 공사를 반대하는 가장 직접적인 원인은 농경지 리모델링 예정지에서 제외돼 보상을 받을 수 없기 때문이다. 농경지 리모델링이란 농경지에 준설토를 성토(흙을 쌓는 것)해 지대를 높이고 도로와 수로를 내 농지 이용률을 높이는 것이다. 그런데 오호리는 하우스 단지가 많다 보니 보상비가 비싸 농경지 리모델링 예정지에서 제외됐다. 농경지 리모델링 사업을 담당하는 농어촌공사 지역개발팀 관계자는 "국토해양부로부터 보상비가 적게 소요되는 지역을 예정지로 선정하라는 공문을 받았다."고 말했다.

농어촌공사로부터 '농경지 리모델링사업 대상지 선정 및 후속절차 추진'이라는 공문을 확인한 결과, 선정 기준 항목에는 실제로 '농작물 등 보상비가 적게 소요되는 지역'이라는 문구가 들어 있었다. 공문에는 또 '성토할 시 마을 경관을 해치고 마을 침수가 예상되는 지역은 제외'라는 문구도 들어있었다. 농어촌공사관계자는 "해당 공문은 국토해양부로부터 지난해 7월 28일 자로 내려온 것"이라면서 "오호리 지역은 70% 이상이 하우스 단지다 보니 대부분 리모델링 예정지에서 제외됐다."고 말했다. 국토해양부 4대강 살리기 추진본부는 "예산 문제로 더 많은 지역에 혜택을 주기 위한 것"이라고 밝혔다.

삶의 비평

# 죽느냐, 사느냐

　　누구나 가끔 '죽고 싶다.'고 생각한다. 정도의 차이는 있겠지만 누구나 그렇다. 나 같은 경우, 아침 휴대전화 알람이 울린 후 10분~30분 정도 일어나기가 죽기보다 싫을 때가 있다. 가끔 혼자 술을 먹고 취했을 때도 그런 기분을 느끼고는 한다. 이러한 증상은 돈, 직업, 관계 등에서 문제가 생길 때 특히 심해진다.

　　돈이 많다면, 성공했다면, 유명인이 됐다면 죽고 싶은 생각은 들지 않을까? 우리는 많은 언론을 통해 그렇지 않다는 사실을 알고 있다. 모든 삶은 각자의 문제가 있다. 모든 사람은 자신의 삶의 무게를 견뎌야 한다는 점에서 동일하다. 누구도 자신이 태어나기를 의도한 사람은 없다. 환경, 능력 등의 차이도 내 선택은 아니다. 내가 내 옆자리 사람의 삶을 살았을 수도 있다. 모든 사람의 삶이 곧 '나의 삶'이나 다름없다.

　　중·고등학생 때부터 꿈꿔 왔던 직업을 갖게 되면 행복할까? 꿈을 이뤘다는 자부심을 갖게 되고, 주위 사람들의 많은 부러움을 사게 되지만 그만큼의 책임을 져야 한다. 누구보다 성실하고 바쁜 삶을 살아 내야 하는 '호수 위의 백조'가 되어야 한다. 정년이 보장되고, 업무가 적은 신의 직장을 다니면 행복할까? 편한 직장은 업무가 아닌 시기와 질투에 시간을 쏟는다. 남이 더 잘난 것에 열등감을 느끼다가, 그의 실수나 결점을 찾으면 위안을 얻는다. 아르바이트는 어떨까? 일이 쉽고, 사람 스트레스도 적다. 문제는 노동에서 자부심을 느낄 수 없다는 것이다.

중요한 것은 아직 남아 있는 오늘과 내일이다. 다시 말하면, 지금 바로 이 순간이다. 내게 없는 것과 하지 못하는 것을 생각하는 것이 아니라, 아무리 작은 것이라도 내게 주어진 것에 감사하는 일이다. 누구나 삶은 힘들고 가끔은 '죽고' 싶다. 하지만 우리는 사랑하는 사람을 위해 나의 삶을 견뎌낸다. 아직 쓰여지지 않은 내일을 위해 노력한다. 버스 운전기사님들은 하루 종일 차가 밀리는 것을 견디고 이겨 낸다. 일이 힘들고, 삶이 지치는 것은 차가 밀리는 것뿐이라 생각하자. 교통 체증은 풀리기 마련이니까.

* 참고 자료
매트 헤이그, 『미드나잇 라이브러리』, 노진선 번역, 인플루엔셜, 2021.

# 너랑 나

"식사 기도해라!" 대학교 1학년, 기숙사에 들어온 첫날 저녁이었다. 돼지 두루치기는 기숙사까지 배달됐지만, 소주가 포함됐을 때는 정문 앞으로 직접 나가 받아와야 했다. 프레시맨(Freshman)이었던 나는 배달 음식을 세팅했다. 모두 둘러앉았을 때 P 선배가 소주병을 앞에 두고 내게 기도를 시켰다. 그때 처음 알았다. 소주도 하나님께서 허락하신 음식이라는 것을!

P 선배는 졸업 후 신학대학원에 진학했다. 지금은 개척교회를 이끌고 계신다. 교회를 떠났던 내가 다시 진실된 신앙생활을 하기로 한 것은, P 선배의 도움이 컸다. P 선배는 '분당우리교회 고난주간 특별부흥회' 유튜브 영상을 추천했다. 화종부 목사님, 안상혁 교수님, 라은성 목사님 등의 부흥회 설교 말씀은 내 인생을 바꾸어 놓았다. 팀 켈러, 존 파이퍼 목사님의 설교 말씀과 『탕부 하나님』(팀 켈러, 두란노서원, 2016), 『그리스도의 십자가』(존 스토트, IVP, 2007) 등 신앙 서적도 P 선배가 소개했다. 이제는

매주 주일 교회에 직접 나가 예배드린다. 매일 아침 기도하고 말씀을 묵상한다. 술을 음식으로 바꾸어 놓은 P 선배는 결국 신앙생활의 멘토가 되었다.

L 선배는 경력 10년이 넘는 현직 검사다. L 선배를 만나러 갔을 때 검찰 사무실에는 처음 들어가 봤다. 큰 사무실에는 책상이 놓여 있었고, 옆에는 소파가 있었다. 우리는 소파에 앉아 헌법에 나열된 기본권을 얘기했고, L 선배는 전자담배를 깊게 들이마셨다. 그날 저녁은 삼겹살과 한라산이었다. 처음 맛보는 한라산은 맑고 시원했지만 취기를 오르게 했다. 산책 후 L 선배는 제주지검 앞 라마다 호텔을 잡아 주었다. 몇 달 뒤 추석을 맞아 농협 한우를 선물하려 했을 때 L 선배는 "내가 사 준 것은 돼지다."라며 사양했다.

L 선배는 언론 동아리에서 처음 만났다. 축제 때 '5·18 영상회- 빛고을 광주'를 같이 준비했고, 동아리 회지도 만들었다. L 선배는 항상 진중했다. 전태일 평전을 꼭 읽어 보라고 했고, 한국 사람이라면 미국 군대인 카투사는 가지 말아야 한다고도 했다. L 선배에게는 사람을 대하는 법을 배웠다. 내가 어떤 말을 하든 진심을 담아 받아 준다. 그래서 나도 어떤 사람을 만나든 성실하려 노력한다. L 선배는 내 삶에 진실됨과 성실함을 가르쳐 주었다.

동기인 Y도 있다. 1년에 4번, 분기별로 만나는 친구다. 졸업 후 대기업을 다니는 직장인이다. 참이슬과 테라를 섞은 '테슬라'

를 마시며 직장 생활의 고통, 퇴직 후 은퇴 생활 등 고민을 나눈다. 그러나 무엇보다 우리는 술을 마시고 꼭 PC방에 들러 '카트라이더'를 달리면서 어렸던 시절을 추억한다. 지금은 두 아이의 엄마가 된 후배 E도 있다. E는 언제나 내 편이다. 학생 때는 시험 기간에 필기를 빌려 줬었다. 결혼식장에서는 내가 축의금을 받았다. E와 대화하면 언제나 즐겁다.

사람을 안다는 것은 무엇일까. 1993년생, 키 161.8cm, 몸무게 44kg, 혈액형 O형, 발 사이즈 225mm. 이러한 정보를 안다고 나는 이 사람을 안다고 할 수 있을까. 데이터들은 '그것의 나라'일 뿐이다. 이러한 정보가 없다면 한 사람을 인식할 수 없지만, 이런 데이터를 안다고 그 사람을 아는 것은 아니다. 마르틴 부버는 『나와 너』에서 "관계란 택함을 받는 것인 동시에 택하는 것이며, 피동인 동시에 능동"이라고 했다. '너의 나라'는 나의 온 존재를 기울여 너를 만나 상호작용하는 것에 있다. 나와 너의 경계가 무너져 구별할 수 없는 하나가 되는 경험을 했을 때 비로소 나는 너를 안다고 할 수 있는 것이다.

"모든 참된 삶은 만남이다."

\* **참고 자료**
마르틴 부버, 『나와 너』, 표재명 번역, 문예출판사, 2014.

# 위
## 장
### 취
#### 재

'공사장 잡부' 위장 취재였다. 기자로서 처음 배정받은 부서는 부동산팀이었다. 4대강 함안보에서 잡부 일을 하며 4대강 사업에 대한 노동자들의 생각을 들어 보기로 한 것이다. 한 사람이 겨우 들어갈 수 있는 너비의 공간에서 시멘트 벽에 붙은 찌꺼기를 떼어 내는 일을 하며 공사장 노동자들을 취재했다. 4대강 공사가 주변 농경지에 미치는 피해, 환경 오염 등에 대한 주민의 의견도 들었다. 공정하지 못한 피해 보상 기준도 문제였다. 취재를 마치고 기사를 작성했지만, 아쉽게도 지면과 인터넷 모두 기사가 출고되지는 못했다. 단 이틀이었지만 기자로서 공사장 잡부 일을 하는 기분은 묘했다. 일은 힘들고, 옷은 더러워졌지만 신분을 위장했다는 자기만족감이 있었다.

재계팀으로 옮긴 뒤에는 대기업을 중심으로 취재가 이뤄졌다. 지나치게 많은 법규 때문에 직장 내 보육 시설 설치에 어려움을 겪는 기업을 취재해 보도했다. 해당 기사는 2011년 1월 13일자 신문 1면 메인으로 실렸다. 정유사들이 이익을 포기해도 기름 값 20원을 인하할 수 있다는 기사도 있었다. 물가가 오를 때마다 정유사를 타깃으로 삼는 정부의 행태를 꼬집은 기사였다. 이 밖에도 이병철 삼성그룹 창업주의 손자인 이재찬 씨의 빈소를 지나쳐 삼성그룹 임원의 빈소로 가는 이건희 회장의 조화 사건을 보도하기도 했고, G20 정상 회의 공식 심벌인 청사초롱을 이용하려는 기업들의 이야기도 취재했다.

한 대기업 명예회장의 장례식장에서는 이재용 삼성전자 회장과 구두가 스치는 일도 있었다. 재벌가의 많은 인사가 찾는 장례식장에는 수많은 언론사의 기자들이 취재를 위해 나와 있었다. 이재용 회장이 등장하자 그의 주위로 기자들이 몰려들었고, 인파에 밀린 나는 구두로 이재용 회장의 구두 뒤쪽을 밟고 말았다(죄송합니다, 회장님). 옷깃은 스치지 못했지만, 구두는 스친 셈이다. 신동빈 롯데그룹 회장과는 단둘이 사진이 찍힌 적도 있다. 취재를 위해 신동빈 회장과 엘리베이터를 같이 타게 됐는데, 엘리베이터 앞에서 기다리던 사진 기자들이 신동빈 회장과 같이 내리는 장면을 포착한 것이다. 이 사진은 타 언론사에 그대로 실렸다. 나는 이 사진을 아직도 갖고 있다.

기자를 그만둔 것은 기자 생활 1년이 되는 날이었다. 극도의 업무 스트레스 때문이었다. 지하철 퇴근길에 회사 전화를 받고 그 자리에서 내려 기사를 써야 했다. 새벽 4시까지 회식을 하고 아침 7시까지 출근하기도 했다. 그러나 이런 것보다 더 큰 문제는 기삿거리를 찾는 것이었다. 기사 아이디어를 매일 제출해야 했는데, 여기서 큰 어려움을 느꼈다. 고등학생 때부터 꿈꿔 왔던 꿈의 직장을 그만두기로 한 것이다.

두 번째 직장은 신의 직장이라는 대학교 정규직 교직원이었다. 대전의 한 사립대학이었다. 주로 교수학습센터 관련 업무를 했다. 그중 비전설계 교과를 듣고 수강 후기를 제출받아 책으로 만드는 일이 있었다. 비전설계는 학생들이 꿈을 찾고, 그 꿈을 이루기 위한 계획을 세우도록 돕는 교양 과목이었다. 책자를 펴내면서 꿈을 이루기 위한 학생들의 열정을 생생하게 느낄 수 있었다. 문제는 내가 일하는 대학교의 학생 성적이 좋지 않은 편이었다는 데 있었다. 처음에는 나와 무슨 상관이 있을까 생각했지만, 업무를 하면서 느끼는 자괴감은 심각한 것이었다.

방학 때 할 수 있는 영어 교육을 기획한 일이 있었는데, 당시 총장에게서 "토익 900점 반은 왜 만들었냐."라는 질타를 들어야 했다. 교수님들과의 식사 때는 "아무리 가르쳐도 감자가 고구마가 되지 않는다.", "이 학교에 와서 우울증에 걸렸다." 등의 말을 들었다. 교직원의 분위기도 문제였다. 자신이 일을 잘해서 인정받으려는 것이 아니라 남의 잘못으로 위안을 받으려 했다. 업무가 편하고 시간이 많아서인지 시기와 질투가 심했다. 백팩을 메고 다니면 위화감을 느낀다고 했고, 신문 보기도 눈치 보였다. 전

교조에 강제로 가입하라고 요구하기도 했고, 팀장은 나에게 "다른 사람들이 너를 팀장이라고 한다."고도 했다. 게다가 월급은 너무나 적었다. 결국 나는 신의 직장을 떠났다.

꿈의 직장, 신의 직장을 모두 경험한 후 내린 결론은 이 세상에 좋은 직장이란 없다는 것이었다. 어느 직장이나 기대했던 것과 현실은 달랐다. 내가 직장을 쉽게 그만둘 수 있었던 것은 돈을 생각하지 않았기 때문이다. 그때는 내가 어떤 사람으로 살 것인지가 돈보다 더 중요했다. 그러나 자아실현을 모두 끝내자 이제는 돈이 눈에 들어왔다. 내가 하고 싶은 일은 모두 해 봤고 결국 좋은 직장이란 없다면, 돈만 벌 수 있다면 무슨 일을 해도 상관없다는 결론이 나왔다.

기자, 교직원이라는 신분에서 아무런 아르바이트를 한다는 것이 처음부터 쉬운 일은 아니었다. 하지만, 위장 취재하는 셈 치자고 생각했다. 한 번이 어렵지 여러 번은 쉬웠다. 면세점, 물류센터, 편의점 등 돈 되는 일이면 가리지 않고 할 만하다 싶은 아르바이트는 모두 해 봤다. 같은 직종을 포함해 총 20여 개의 아르바이트를 거치면서 느낀 점은 생각보다 쉽게 돈을 벌 수 있다는 것이었다. 노동의 강도는 적으나 그에 비해 나쁘지 않은 수입을 올릴 수 있었다. 입사와 퇴사에 부담이 없고, 지루해지면 또다른 아르바이트로 갈아타면 그만이었다.

다만 이러한 삶은 노동에서 자부심을 느낄 수 없다는 것이 문제였다. 이는 인문학 모임과 독서, 글쓰기 등을 하면서 해결했다. 중간에 공무원 시험 공부를 하기도 했다. 검찰직 공무원을 준비했었는데 많은 나이, 공무원으로서의 삶을 생각했을 때 결국이 길이 아니다 싶었다. 하지만 형법과 형사소송법을 공부하며많은 것을 배울 수 있었다. 지금은 부동산 매물을 검증하는 일을하고 있다. 시중 부동산에서 매물을 올리면, 그 매물에 오류가 있는지 검증한 후 노출시키는 일이다. 아르바이트 같지만, 나름 정규직이다. 정신적 스트레스는 약하고, 육체적 스트레스는 없는곳이다. 게다가 내가 다니던 신의 직장보다 월급이 많다.

이것이 나의 '위장 취재 인생'이다.

# 밤 한
# 의 여
# 꿈 름

　'단정한 외모'가 좋다. 성적 매력을 나타내려는 옷차림은 얼굴을 찌푸리게 만든다. 명품을 걸친 사람은 부담스럽다. 완벽하게 예쁜 외모를 가진 사람 앞에서는 주눅이 들기 마련이다. 청바지에 흰 티 한 장을 걸쳤더라도 단정한 외모 속에서 느껴지는 평온함과 착함, 정직함과 성실함이 좋다.

　'확고한 신념'을 가진 사람이 좋다. 그것이 신앙이든, 학위로 얻어 낸 지식이든 확고한 인생철학을 가진 사람이 좋다. 그런 사람이 가는 길은 그 길이 어떤 길이든 지지하고 따라갈 수 있다. 커피나 음식 메뉴는 쉽게 고르지 못해도 좋다. 오히려 사소한 문제에서 자기주장이 강한 사람은 피곤하다.

　'책과 글'을 아는 사람이 좋다. 책을 읽으며 다른 사람과 자신의 생각을 나눌 줄 알고, 즐길 줄 아는 사람이 좋다. 전문 용어를 몰라도 괜찮다. 전문 용어를 모른다고 자기방어를 위해 까칠해지는 사람이 아니라, 그것이 무엇인지 묻고 이해할 수 있는 솔

직함과 자신감을 가진 사람이 좋다. 비록 그것이 자신만을 위한 글쓰기일지라도 자기 생각을 글로 남기는 사람이면 더없이 좋을 것이다.

나는 더 이상 '사랑의 꽃즙'을 믿지 않는다. 잠자는 사람의 눈에 꽃즙을 바른 후 눈을 떴을 때 처음 본 사람을 사랑하게 된다는 사랑의 꽃즙. 그것은 라이샌더와 허미아, 드미트리우스와 헬레나의 얽히고설킨 사랑을 풀기 위한 요정들의 짓궂은 장난일 뿐이었다. 그러나 가끔은 '사랑의 꽃즙'을 바른 것처럼 뜨거운 사랑도 할 수 있는 사람이기를!

P.S. 휴대전화 번호를 남긴다.

"헬레나: 당신들은 연적이며 허미아를 사랑해요."; 아래의 책, p.63.
"스나우트: 숙녀들이 사자를 두려워하시지는 않을까?"; 아래의 책, p.??
"퍽: 그때 제가 유리한 기회를 잡았어요."; 아래의 책, p.57.
"허미아: 나에게 지정해 준 바로 그 장소에서 난 내일 틀림없이 널 만나게 될 거야"; 아래의 책, p.??

**\* 참고 자료**
윌리엄 셰익스피어, 『한여름 밤의 꿈』, 최종철 번역, 민음사, 2008.

술

막걸리는 '엽기 떡볶이'와 궁합이 맞는다. 떡볶이의 매운맛을 막걸리가 잡아 준다. 떡볶이 국물에 흠뻑 젖은 오뎅을 한 입 베어 물고 막걸리를 마시면 그보다 더 좋을 수 없다. 나는 떡볶이를 먹을 때 떡은 먹지 않고 오직 오뎅과 계란, 소시지만 먹는다. 떡은 쫄깃하기만 할 뿐 맛을 느끼지 못하겠다. 막걸리는 가성비가 좋은 술이다. 주머니 사정이 넉넉하지 못할 때, 막걸리만큼 싼 술을 먹을 수 있다는 것은 감사한 일이다. 일반 막걸리보다 가격은 약간 더 비싸지만 밤막걸리도 좋다. 밤막걸리의 향긋하고 달달한 향은 열무김치와 어울린다. 다른 안주 없이 열무김치만으로 밤막걸리 두 통은 혼자서도 거뜬히 비울 수 있다.

삼겹살을 먹을 땐 '소맥'이어야 한다. 소주는 소주잔의 4분의 1선까지, 맥주는 맥주잔에 그려진 로고 아래 선까지 부어야 딱 한 모금이다. 나만의 황금 비율인데, 소맥에서 그야말로 꿀맛을 느낄 수 있다. 이렇게 제조된 '소맥'은 주량 측량 불가다. 취하는 줄도 모르고 계속 들이켤 수 있다. 삼겹살과 함께 차돌박이도 좋아한다. 정육점에서 고기를 살 땐 삼겹살 2만 원에 차돌박이 1만 원 어치를 사면 넉넉히 먹을 수 있다. 대학 시절에는 맥주 큐팩 1리터를 사서 몇 모금 마신 후 남은 공간에 소주를 부어 소맥을 만들기도 했다. 페트병에 술이 줄어들수록 소주 농도가 높아진다는 단점(?)이 있었지만, 혼자 편하게 마시기엔 그만이었다. 치킨 1마리를 시켜 놓고, 혼자서 그렇게 치맥을 했다.

음식점에서 혼자 술을 마실 때는 청하만 마신다. 청하가 없는 음식점은 들어갔다가 다시 나오기도 한다. 예전에는 참이슬 후레쉬를 마셨지만, 소주 특유의 향이 어느 순간부터 거북해졌다. 내가 즐겨 먹는 식사로는 순대 국밥, 알탕, 뼈해장국이 있다. 순대 국밥에는 부추가 한가득 들어가야 한다. 여기에 들깨를 크게 두 스푼 넣고, 다대기를 잘 저어 먹어야 제맛이다. 알탕은 무엇보다 알이 신선해야 쫄깃하고 맛있다. 알의 선도가 떨어지면 흐물흐물하고 비린 맛이 강해 입맛을 버리게 된다. 청하가 아닌 술을 마실 때도 있다. 삼계탕을 먹을 때는 인삼주를 마신다. 인삼주 도쿠리 한 병이면 삼계탕은 국물 하나 남김없이 모두 먹을 수 있다.

나는 크리스천이지만, 술은 신앙과 무관하다고 생각한다. 문화의 차이일 뿐 금주를 강요하는 것은 맞지 않는 일이다. 우리나라 기독교에서 금주란 조선시대에 들어온 선교사들이 만들어 낸 것이라는 얘기가 많다. 하지만, 동생은 나와 신앙관이 다르다. 그래서 동생과 함께 식사를 할 땐 술을 마시지 않기로 약속을 했다. 하지만 외식을 할 때 술이 있을 때와 없을 때의 차이를 꼽으라면 한 가지밖에 없다. 술이 들어가면 내 자랑을 하지만, 술이 없으면 동생이 자기 자랑을 늘어놓는다는 것이다. 그래 놓고는 내가 술을 안 마셔서 좋았다고 한다. 다시 생각해 보면 술을 마시지 말자는 약속은 이놈이 자기 자랑을 하기 위함인지도 모르겠다. 적당히 마시면 알딸딸한 것이 기분이 좋아지는 술을 나는 끊을 생각이 없다. 나도 자기 자랑이 좋은가 보다.

불
안

불안하다. 하루하루 의미 있게 살아가고 있는가. 시간을 낭
비하는 것은 아닐까. 이렇게 살아도 되는 걸까. 무엇에서 의미를
찾을 수 있을까. 맞는 방향으로 가고 있는 것일까. 현재의 삶에
대한 끊임없는 질문들이 이어진다. 의미 있는 삶에 대해 고민해
보지만 뾰족한 해답을 찾지 못한다. 현재의 삶에 대한 확신, 올바
른 삶, 의미 있는 삶을 살고 있다는 확신이 없다. 그렇다고 특별
히 무엇을 해야 할지도 모르겠다. 누구나 그렇게 말한다. 사는 것
이 뭐 별거 있느냐고. 하고 싶은 일 하고 그냥 그렇게 살아가는
것 아니겠냐고.

만족하면 불안은 줄어든다. 그것이 맛있는 음식을 먹고 배부
른 만족감이든, 쇼핑을 통해 원하는 물건을 소유한 만족감이든,
책을 읽고 깨닫는 바가 있어 느끼는 지적 만족감이든 만족을 하
면 된다. 그러나 이러한 만족에는 끝이 없다. 음식을 먹으면 배
부름을 느끼다 또다시 배고픔을 느끼듯 모든 만족감은 그때뿐이

다. 만족을 위해 죽어라 노력하고, 만족을 느끼고, 곧 사그라든다. 삶이란 만족을 위한 투쟁의 반복이다. 더 맛있는 것, 더 좋은 물건, 더 깊은 깨달음을 위해 끊임없이 무엇인가를 한다. 그렇게 불안을 위안한다. 모든 행동은 불안에 쫓겨 만족을 얻기 위한 노력이다. 삶은 끊임없이 불안하고, 이 불안을 해결하기 위해 우리는 무엇인가를 계속한다.

근본적으로 불안을 해결하기 위해서는 욕망의 근원을 점검해 봐야 한다. 나의 욕망이 진정으로 나에게서 온 것인가 하는 '삶의 비평'이 필요한 것이다. 자본주의, 능력주의 사회에 이끌려 내 삶을 불안하게 하고 있는 것은 아닌지 생각해 봐야 한다. 나의 사회적 지위는 능력주의 사회에 의해 평가된다. 그러나 이러한 사회적 기준은 절대적인 것이 아닐뿐더러 자본주의에 맞게 기획된 것이다. 끝없는 욕망을 자원으로 하는 자본주의의 노예가 될 필요는 없다. 진정한 나의 욕망이 무엇인지 자문해야 한다. 돈을 쫓지 않는 사람들의 얘기를 들어야 하고, 죽음을 생각해야 하며, 대자연의 광활함을 느껴야 한다. 우주 속에서 우리는 먼지에 불과하다. 돈 보다 사랑과 나눔이 더 가치 있는 일이다. 내게 없는 것보다 지금 내가 누리고 있는 것들에 감사해야 한다.

또한 어떤 일이든 그것이 나와 사회에 해로운 것이 아니라면, 그 일에 진정으로 몰입했을 때 우리는 삶의 의미와 가치를 느낀다. 시간 가는 줄 모르고 무엇인가에 몰입하며 그것을 즐길 때

만족한 삶을 살 수 있다. 자본주의 사회가 만들어 내는 욕망이 아니라 나만의 기준으로 욕망을 찾고 능동적으로 그 일에 몰두하는 것. 그것이 불안을 해소하고 만족한 삶을 살 수 있는 길이다.

**\* 참고 자료**
알랭 드 보통, 『불안』, 정영목 번역, 은행나무, 2012.

## 아버지

2022년 8월 18일 오후 1시 27분. 아버지가 돌아가셨다. 코로나였다. 아버지는 신장 기능이 좋지 않으셨지만 심각한 수준은 아니었고, 너무나 건강한 분이셨다. 80세, 90세까지 오래오래 사실 것으로만 생각하고 있었다. 격리 기간에도 큰 문제가 없었다. 건강한 모습 그대로셨고, 코로나는 그저 감기처럼 지나갈 것이라 생각했다. 하지만, 격리 기간 다음 날 어지러움과 호흡 곤란이 심해졌고, 결국 대학병원 응급실을 찾아야 했다. 아버지의 총 입원 기간은 4주가 채 되지 않았다. 처음에는 감염 병동으로 입원하셨지만, 며칠 뒤 일반 병동으로 옮겼다. 그때까지만 해도 곧 퇴원하실 것이라 기대했다. 하지만, 결국 집중치료실을 거쳐 중환자실로 옮겨졌고 코에 산소를 공급하는 것으로는 증세가 완화되지 않아 기관 삽관을 해야 했다. 아버지의 죽음을 현실로 받아들인 것은 돌아가시기 3일 전쯤이었다. 그렇게 병원에서 27일 만에 70세의 나이로 아버지는 돌아가셨다.

아직도 아버지의 죽음은 현실이 아닌 것 같다. 지금이라도 휴대전화를 걸면 아버지의 목소리가 쏟아져 나올 것만 같다. 아버지의 죽음 이후 하루하루가 고통스러웠다. 아무것도 하고 싶지 않았고, 우울증과 무기력함에 시달렸다. 왜 일을 해야 하고, 왜 책을 읽어야 하고, 왜 글을 써야 하는지…. 대체 왜 살아가야 하는지 목적을 잃어버렸다. 나의 일상은 그렇게 무너졌다. 몸도 아팠다. 가슴이 타들어 가고, 죄어 오는 것 같은 고통에 끊임없이 시달려야 했다. 이 고통에서 어떻게 벗어날 수 있을지 방법을 알 수 없었다. '시간이 지나면 자연스럽게 괜찮아질까? 전문 상담가라도 찾아가 봐야 할까?' 고민했다. 사람이라면 누구나 겪는 슬픔인데 내가 너무 약한 것은 아닌지 의심했다. 잠이 오지 않아 커피숍 오픈 시간에 맞춰 일어나 책을 들고 커피숍으로 갔다. 책은 읽히지 않았고, 입원하셨을 때 찍은 아버지의 마지막 모습을 담은 휴대전화 사진을 보고 또 봤다. 그렇게 눈물만 흘리며 커피숍에 앉아 시간을 보냈다.

슬픔의 극복. 그것은 불가능하다는 것을 깨달았다. 아버지의 죽음으로 인한 슬픔은 극복할 것이 아니라 내가 평생 안고 살아가야 하는 것임을 이제는 알게 되었다. 아버지의 죽음 이전의 삶으로의 복귀 또한 당연히 불가능한 것이다. 매일매일 수십 번 아버지가 뇌리를 스칠 때마다, 나는 고통스러울 것이다. TV 드라마, 라디오에서 아버지를 언급할 때 난 돌아가신 우리 아빠를 생각할 것이다. 길거리에서 아버지와 아들이 같이 있는 모습을 볼 때도, 누군가 아빠와 통화하는 것을 우연히 들었을 때도 나는 돌아가신 아빠를 그리워할 것이다. 그런 점에서 죽음은 삶의 반대가 아니다. 죽음은 삶의 일부다. 나는 이제 아빠가 없다. 더 이상 아빠를 만날 수 없다. 내 삶이 끝날 때까지 이 사실을 안고 살아가야 한다. 나보다 더 큰 상실을 안고 살아가는 사람들도 있다. 어린 나이에 부모를 잃었거나, 어린아이를 잃은 부모도 있을 것이다. 남편이나 아내를 잃은 사람도 있을 것이고, 사고나 범죄 또는 자살로 가족을 잃은 사람도 있을 것이다. 상실이 꼭 죽음 만은 아니다. 크건 작건 누구나 내가 알지 못하는 각자의 상실을 안고 살아간다.

아버지는 버스비를 아끼신다고 지하철역까지 20분 거리를 매일 걸어 다니셨다. 돈을 아끼기 위해 점심은 김밥으로 때우실 때도 자주 있었다. 아주 넉넉한 형편은 아니지만, 그렇다고 부족한 것도 아니었는데도 아버지는 그렇게 하셨다. 내가 기억하는 아버지는 강한 분이었다. 어떤 어려움도 극복하시는 그런 분이셨다. 몇 년 전 하시던 사업이 끝내 넘어졌을 때 아버지는 웃음치료를 받으러 다니셨다. 나는 그때까지 그렇게 슬픈 웃음을 본 기억이 없다. 그렇게 아버지는 다시 일어나셨다. 중환자실에서 돌아가시기 하루 전, 귀에 대고 "아빠 저 왔어요."라고 말하자 온 힘을 다해 몸을 흔드시는 것으로 듣고 있음을 표현하셨다. 아버지의 마지막 몸부림이었다. 아버지는 콩국수를 좋아하셨다. 국내산 콩으로 직접 갈아 만든 찐득한 콩 국물을 좋아하셨다. 청량리에 있었던 사무실, 내가 군 생활을 할 때 면회를 오셔서 구워 주셨던 장어, 저녁 식사와 곁들인 막걸리 한 통…. 모두 아버지를 생각나게 하는 것들이다. 아버지와 더 많은 시간을 함께 보내고, 더 많은 대화를 하지 못한 것이 너무나 후회된다. 내일 점심은 콩국수를 먹을 것이다.

천국에 계신 아버지, 사랑합니다.

## 꿈

로또 1등에 당첨된다면? 밤새 한숨도 못 잔 나는 다음 날 아침, 회사에 전화를 걸어 몸이 좋지 않아 출근이 어렵다고 한다. 은행 오픈 시간인 9시 30분에 맞춰 농협은행 본점이 있는 서대문역 6번 출구까지 택시를 타고 간다. 혹시나 당첨 복권을 잃어버릴까 걱정하며 주머니에 있는 복권을 꺼내지는 않고 손으로만 만져 확인한다. 로또 당첨금을 통장에 입금 받으면, 곧바로 포르쉐 매장으로 향한다. 3억 5천만 원을 그 자리에서 일시불로 결제한다. 아파트 2채도 알아본다. 1채는 내가 살 곳, 내 맞은편 집은 부모님이 살 곳이다. 물론 직장은 그만둔다. 대신 나머지 돈을 스터디 카페 창업에 쓴다. 스터디 카페에서 직접 손님을 관리하고 청소를 하겠지만, 대부분의 시간은 신문과 책을 읽고, 글쓰기에 집중한다. 인문학 강의와 교회 모임도 정기적으로 참석하기로 한다. 남는 돈은 생활비와 해외여행으로 쓴다.

로또 1등이 불로소득의 꿈이라면, 책을 쓰는 것은 노력을 통해 얻고자 하는 나의 꿈이다. 나도 잘 알고 있다. 아직 실력도 노력도 부족하다는 것을…. 막상 책을 출판했을 때 혹평만 들을 수도 있다. 하지만 혹시 모른다. 내 책이 베스트셀러가 될 수도 있다. 책을 내고 얼마 지나지 않아, 각종 단체에서 작가 섭외가 들어올 수도 있다. 주변 사람들은 나를 작가님이라 부르고, 책 읽는 방법과 글 쓰는 방법에 대해 문의한다. 많은 사람들이 주목하고, 내 삶을 추앙한다. 시기와 질투도 있겠지만, 인기 작가로서 감내해야 하지 않겠는가. 유명 소설가, 시인 선배들과 모임을 갖고, 모둠 치즈와 소시지 야채볶음을 시켜 놓고 와인을 마신다. 작가 모임에는 대학교수와 문학 박사, 현직 정치인도 참여할지 모른다.

The Great Gatsby. 개츠비는 왜 위대할까? 가난한 집안, 무일푼의 개츠비가 재벌 딸을 사랑한 것은 무모한 것이었다. 그 사랑을 이루기 위해 자신의 모든 삶을 바쳐 일하고 결국 개츠비도 재벌이 되지만, 이미 남편과 아이가 있는 그녀를 자신의 아내로 삼으려는 것 또한 무모한 것이었다. 아무리 첫사랑을 잊지 못했다고 해도, 일부러 그린라이트가 깜박이는 그녀의 집 맞은편에 저택을 구매하고 그녀가 올지 안 올지도 모를 파티를 매주 성대하게 열었다는 것 또한 상식에서 벗어난 일이다. 개츠비는 첫사랑에게 모든 것을 내어 주었지만, 그녀는 개츠비에게 누명을 쓰게 만들고, 죽게 했다. 그리고 그녀는 결국 배신한다. 어쩌면 개츠비는 첫사랑에게 자신의 생명까지 내어 줌으로써 끝까지 그녀를 사랑한 것이다. 그러나 그녀의 배신으로 개츠비의 죽음 또한 무모한 것이 돼 버렸다. '위대한' 개츠비가 아닌, '무모한' 개츠비가 더 어울리는 것이다.

로또 1등의 확률을 바라는 것은 무모하다. 카드 값과 적금을 빼고 나면 월급은 그야말로 통장을 스쳐 지나가는 상황에서 포르쉐와 고급 아파트를 꿈꾸는 것은 허망하기만 할 뿐이다. 책 쓰기를 꿈꾸는 것도 무모한 일이다. 책 읽기, 글쓰기에 시간을 낭비하기보다 직장 업무에 충실해 직급을 높이려 노력 하는 것이 더 현명한 판단일지도 모른다. 현실은 우울하고, 불안하고, 냉정하다. 하지만 그래서 무모해져야만 한다. 로또 확률은 허망하지만, 로또 1등이 됐을 때 하고 싶은 일을 꿈꾸는 것은 나쁜 일이 아니다. 주변 사람들이 책 쓰기의 꿈을 비웃을 수도 있다. 실패할 수도 있고, 절대로 불가능한 일일 수도 있다. 하지만 그 꿈과 희망 그리고 순수한 노력을 비웃을 수는 없다. 지금 당장의 현실이 너무나 어렵고 힘겨워도, 그렇기에 더욱 나의 꿈을 위해 무모해져야만 한다. 우리 사회에 피해를 주는 일이 아니라면, 이 세상에 쪽팔리는 꿈은 없다. 그래서 '위대한' 개츠비다.

* 참고 자료
F. 스콧 피츠제럴드, 『위대한 개츠비』 김욱동 번역, 민음사, 2009.

# 노인과 바다

사람이 죽었다. 제빵공장에서 23살 사회 초년생이 샌드위치 소스 혼합 기계에 끼어 숨졌다. 그녀는 고등학교에서 제빵을 전공했고, 빵 가게를 차리는 것이 꿈이었다. 야간 근무조에서 일한 것은 아마도 더 많은 돈을 벌기 위해서였을 것이다. 밤샘 근무는 주간 근무보다 더 많은 돈을 주기 때문이다. 그녀는 돈을 벌어 집을 사고 싶다고 했다. 안전장치가 제대로 돼 있지 않은 기계 자체의 위험성도 있었지만, 밤새 잠에 취해 있는 지친 몸을 이끌고 근무를 하다가 결국 사고를 당한 것이다. 야간 근무를 시키면서 사고 예방 의무를 게을리한 책임자의 잘못이 크다.

공장에서 일하는 사람들은 사무실에 앉아 일하는 사람들보다 못한 사람들인가? 비정규직은 정규직보다 무시당해야 하는가? 분명 선망의 대상이 되는 직장도 있고, 그렇지 못한 직장도 있다. 하지만 누구나 생계를 위해, 더 나은 미래를 꿈꾸며 일한다는 점은 동일하다. 어떤 사람들은 일부러 다운시프트(downshifts) 인생을 택하기도 한다. 비록 사회적 지위가 낮고, 소득이 적어도 여유 있는 삶을 즐기려는 것이다. 한 대법관은 퇴임 다음 날부터 편의점에서 일했다. 박사 학위 소지자가 청소부로 일하기도 하는 세상이다.

육체적 죽음 못지않게 정신적으로 매일 죽어 나가는 사람들도 있다. 서비스 업종 같은 감정 노동자는 말할 것도 없고, 일반 사무직도 직장 상사의 괴롭힘에 자살하는 경우도 있다. 출퇴근 시간 콩나물시루와 같은 버스와 지하철을 견뎌야 하고, 매일 반복되는 업무에 지친다. 그렇게 생각하면 이 세상에 좋은 직장이란 없다. 많은 사람들이 전문직, 대기업, 공무원, 교직원 등을 선망하지만, 막상 업무를 해 보면 어떤 일이든 힘들지 않은 일은 없다. 육체적으로 힘들면 정신적으로 조금 편할 수 있지만, 몸을 쓰지 않는 일은 정신적으로 큰 스트레스를 견뎌야 한다. 이상과 현실은 항상 어긋나기 마련이다.

헤밍웨이는 『노인과 바다』에서 "인간은 파멸당할 수는 있을지 몰라도 패배할 수는 없다." 고 했다. 어부 노인은 죽음을 각오하고 청새치를 낚기 위해 바다에서 싸웠다. 손이 마비되고, 낚싯줄을 쥔 손바닥에 피가 배어 나와도 노인은 포기하지 않았다. 결국 노인은 청새치를 잡았지만, 상어 떼의 습격을 받아 앙상한 가시만 남은 생선을 갖고 항구로 돌아와야 했다. 그러나 노인은 패배한 것이 아니다. 비록 아무것도 얻지 못했지만, 청새치를 잡았다는 자긍심을 지킨 것이다. 죽을힘을 다해 매일 일터로 향하는 우리의 일상이 패배가 돼서는 안 된다. 우리가 돈이 없지, 가오가 없는 것은 아니잖나.

**＊참고 자료**
어니스트 헤밍웨이, 『노인과 바다』, 김욱동 번역, 민음사, 2012.

# 감사

나쁘지 않은 삶이다. '하나님의 대학' 한동대학교에 입학한 것은 축복이었다. 육군본부, 해군본부, 공군본부 3군의 본부인 계룡대에서 군 복무를 한 것도 만족한다. 고등학생 때부터 꿈이었던 기자 생활을 한 것도 감사한 일이다. 그 이후 신의 직장이라는 대학교 교직원으로 근무한 것도 나쁘지 않았다. 이 정도면 나는 내가 하고자 했던 모든 일을 이룬 셈이다. 어디를 가든, 누구를 만나든 나는 주눅 들지 않는다. 현재의 삶에도 만족한다. 비록 사회적 지위가 낮고, 노동에서 자부심을 느끼지 못하는 아르바이트 비슷한 일이지만 만족한다. 노동의 강도가 워낙 낮아 업무 시간에 스트레스가 거의 없다. 출근 시간도 9시 30분으로 비교적 늦고, 특별한 일이 없으면 18시 칼퇴근이다. 놀면서 돈 버는 느낌이 들어 미안한 마음이 들기도 한다. 직장에서 정신적으로 소진되지 않기 때문에 퇴근 후 스터디 카페에서 책을 마음껏 읽을 수 있고, 헬스장도 갈 수 있는 여력이 있다. 다운시프트족

(downshifts)이라 해도 좋을 것이다. 책 읽기와 글쓰기를 좋아하는 취미를 갖게 된 것도 너무나 감사한다.

그러나 무엇보다 감사한 일은 하나님께서 믿음을 주셨다는 것이다. 나는 어렸을 때부터 교회에 다녔다. 모태 신앙은 아니지만, 아주 어린 나이에 교회를 가기 시작했다. 중학교 시절, 학교를 마치면 매일 기도실에 들러 기도했다. 고등학교 때부터 방황이 있어 신앙생활을 거의 하지 않게 됐다. 하지만, 몇 년 전 다시 신앙생활을 열심히 할 수 있는 믿음을 주셨다. 지금은 매주 주일 예배에 참석하고, 등록 교인이 됐다. 나는 예수님을 포기했지만, 예수님은 나를 포기하지 않으셨다. 나는 끝까지 반항했지만, 예수님은 끝까지 나를 사랑하셨다. 그 사랑에 감격하지 않을 수 없다. 이제는 예수님의 십자가 사랑이 내 삶에 배어 나오기를 간절히 바라는 삶을 살고 있다. 하나님께서 나의 목자 되시니, 나는 불안할 것도 없고, 아무것도 두려울 것이 없다. 하나님의 나를 향한 사랑을 끊을 것은 이 세상에 아무것도 없다.

나는 후광 효과를 경멸한다. 하지만, 학교 선배가 목사님, 검사 등인 것에는 감사한다. 선배가 목사님이라는 것은 정말 큰 힘이 된다. 언제든 삶의 고민이 있을 때, 신앙생활에 의문이 있을 때 조언을 구할 수 있다. 많은 공부를 한 목사님 선배가 있다는 것은 행운이 아닐 수 없다. 검사 선배를 알고 있다는 것도 좋은 일이다. 정말 큰 어려움이 생겼을 때 도움을 요청할 수 있는 사회적 지위가 높은 사람이 있다는 것은 감사한 일이다. 그 밖에도 삼성 본사와 같은 대기업에 다니는 대학 동기도 있다. 아무 허물 없이 속내를 드러낼 수 있는 친구가 있다는 것이 얼마나 감사한 일인가. 대학 시절을 추억하며 웃음꽃을 피우고, 술잔을 기울인다. 분기별로 한 번씩 만나기로 했는데, 그 기다림이 싫지 않다. 또 지금은 결혼해 아이 둘을 가진 엄마가 된 후배도 있다. 이 후배는 언제나 내 편이다. 이 세상에 오직 내 편만 들어주는 사람이 있다는 것은 정말 기쁜 일이다.

경제적으로 큰 어려움을 겪지 않는 삶을 사는 것도 감사한 일이다. 큰돈이 있어 넉넉하고 풍족한 생활을 하는 것은 아니지만, 그렇다고 부족함을 느끼지도 않는다. 내 소유는 아니지만 생활하고 있는 집도 있고, 언제든 몰 수 있는 차도 있다. 재테크도 하고 있다. 소비 생활에서 아무런 불편함을 느끼지 못한다. 또한 큰 병 없이 건강한 것도 얼마나 행운인가. 아픈 곳이 없다. 가끔 무릎 통증이 있지만 심각한 수준은 아니다. 가장 큰 고민은 체중인데, 다이어트를 하며 몸무게를 줄여 나가고 있다. 가장 소중한, 나의 가족들과 끈끈한 관계를 맺고 있다는 것도 너무나 감사한 일이다. 어머니의 따뜻함, 동생과 나누는 친밀감, 제수씨 그리고 조카 '로이'까지 소중한 나의 가족이다. 가정불화가 있는 사람들이 많다는데, 나는 가족과 아무런 문제가 없다. 정말 행복하고 사랑스러운 가족이다. 가족이 있기에 어떤 힘든 일도 견딜 수 있고,

이겨 낼 수 있다. 나는 지금의 나 자신이 너무 좋고, 훌륭하고, 자랑스럽다. 그래, 난 나르시시스트다!

P.S. 폐업 마지막 날, 돌아가신 아버지 부동산 사무실 책상에서 씀.

## 부채

아주 나직한 날개 전령

이 부채 이것이 그것이라면

바로 그것으로 그대 등 뒤에서

어떤 거울 청명하게

빛났던 것이라면

「부채-말라르메 부인의 부채」, 스테판 말라르메

말라르메의 부채는 날아오르고 싶다. 부채를 부치는 것은 하늘을 비행하기 위한 날갯짓이다. 부채 위에 꿈과 희망을 적어 힘껏 부채를 부쳐 본다. 불확실한 미래 속에서 우리는 더 나은 미래를 꿈꾼다. 공부하는 이유도, 열심히 일하는 것도, 책을 읽는 것도 모두 자신만의 꿈과 희망을 이루기 위한 부채질이다. 언젠가 날아오를 날을 염원하며 열심히 부채를 부치는 것이다. 욕망하지 않는 사람은 없다. 누구나 오늘보다 나은 내일을 기약하며 살아간다. 하나의 목표를 이루면 다른 목표를 세우고 이를 점령하기 위해 또다시 부채를 움켜쥔다.

하지만, 날갯짓은 오직 손에 붙잡혀 있을 때에만 가능하다. 부채가 손을 떠나는 순간 부채질은 멈추고 만다. 결코 날아오를 수 없는 날갯짓인 것이다. 그럼에도 우리는 부채를 부치지 않으면 살 수 없다. 날아오를 수 없는, 현실이라는 손에 붙잡힌 의미 없는 날갯짓일 수도 있지만 각자 저마다의 꿈을 위해 힘차게 부채를 부치는 것이다. 이러한 날갯짓을 비난할 사람은 아무도 없다. 어린아이의 장래 희망이 무엇이든 그 순수성을 비난하지 않는 것처럼, 우리의 꿈과 희망 역시 존중받아야만 한다. 꿈을 이룰 수 있다는 몽상 없이는 살아갈 의미를 찾을 수 없기 때문이다.

어쩌면 중요한 것은 날아오르는 것 자체에 있지 않을 수도 있다. 욕망은 끝이 없다. 당장의 목표를 이루면 만족감은 그때만일 뿐 곧 또 다른 목표가 생기게 된다. 아무리 노력하고, 원하는 목표를 성취한다 해도 절대적인 이상적 삶을 살 수 있는 사람은 아무도 없다. 끊임없이 부채를 부쳐도 손에 잡혀 있는 부채는 우리가 살아 있는 한 결코 날아오를 수 없는 것이다. 더욱이 팍팍하고 냉정한 현실 속에서 아무리 부채를 부쳐 봐도 목표를 이룰 수 없는 경우가 더 많다. 한번 실패하고 그것으로 끝난다면 그건 실패한 것이다. 그러나 끊임없는 실패는 실패가 아니다. 계속되는 실패는 곧 포기하지 않았다는 것을 의미하기 때문이다. 부채를

부치는 한 실패는 있을 수 없다. 돌아오는 생일, 나에게 부채를
선물할 것이다.

**\* 참고 자료**

스테판 말라르메, 『시집』, 황현산 번역, 문학과지성사, 2005.

# 박하사탕

어린 시절, 박하사탕이 싫었다. 코를 찡하게 만드는 박하 향 특유의 매운맛이 너무 자극적이었기 때문이다. 마름모 꼴의 하얀색으로 만들어진 사탕은 보기에도 맛있어 보이지 않았다. 하지만 어느 순간부터, 특히 식당에서 삼겹살을 먹고 난 후에는 박하사탕을 찾게 됐다. 입을 상쾌하게 만들어 주고, 달콤하기까지 한 박하사탕이 그렇게 시원하지 않을 수 없다. 고기를 먹은 후 입가심으로는 최고의 맛이다. 나이가 들면서 박하의 맵고 자극적인 맛이 달콤해진 것이다.

자정이라는 시각도 그렇다. 어렸을 때는 밤 12시 정각은 무섭고도 신비한 시간이었다. 뭔가 특별한 일이 일어날 것 같았다. 하루가 끝나고 새로운 하루가 시작되는 교차점. 밤 11시 59분부터 두려움과 설렘을 느끼며 정각이 되길 기다렸다. 하지만 이제는 12월 31일마저도 또 다른 하루와 다름없는 일상으로만 느껴진다. 뜨거운 목욕탕에 몸을 담가야 시원하고, 뜨겁고 매운 국물이 속을 풀어 준다. 어린아이의 입맛이 자극적인 것에 길들여지듯, 나이가 들면서 순수성을 잃었고, 상상력을 잃어버렸다.

'빨강 머리 앤'은 말한다 "뭔가를 기대하는 건 그 자체로 즐겁잖아요. 어쩌면 바라던 결과를 얻지 못할 수도 있지만, 그래도 기대할 때의 즐거움은 아무도 못 막을 걸요. (중략) 전 실망하는 것보다 아무 기대도 하지 않는 게 더 나쁜 거 같아요." 나이가 들면서 하루하루를 아무런 기대 없이 보내는 것은 순수성을 잃어버렸기 때문인지도 모른다. 아이들은 그것이 정말로 이루어질지, 나에게 그 일이 정말로 일어날지 계산하지 않는다. 기대하며 마음껏 상상하고 설레며 순수하게 웃는다. 하지만 어른이 돼서는 실망하느니 차라리 기대하지 않는 쪽을 선택한다. 기대하며 상상하는 기쁨을 포기하는 것이다.

'앤 셜리'는 어린아이라서 긍정적이었던 것일까? 앤은 고아였다. 삐삐 마른 몸, 주근깨, 빨강 머리 콤플렉스를 갖고 있었다. 게다가 앤은 남자아이를 입양하려다 실수가 생겨 입양된 아이였다. 아무에게도 받아들여지지 못한다는 절망감에 어른 못지않은 고통을 느꼈을 것이다. 앤은 어린아이라서가 아니라, 고통 속에서도 삶을 긍정하기로 선택한 것이다. 실망하지 않기 위해 매사 기대하지 않는 것보다, 작은 일에도 설레며 기뻐하는 삶은 내가 선택할 수 있는 삶의 태도다. 박하사탕이 맵다고 뱉어 버렸던, 그

때의 나로 되돌아가고 싶다.

**\* 참고 자료**

루시 모드 몽고메리, 『빨강 머리 앤』, 박혜원 번역, 더모던, 2019.

# 사람이 싫다

사람이 싫다. 지금까지 살아오면서 누군가와 친해지기 위해 먼저 다가갔던 경험이 별로 없다. 학창 시절에도, 어른이 돼서도 그렇다. 항상 누군가 먼저 나에게 말을 걸어왔고, 내가 이에 반응하면서 친해졌다. 누군가에게 먼저 다가가는 따뜻한 성격을 나는 갖지 못했다. 수줍음이나 소심함 때문은 아니다. 과제가 주어지거나, 어떤 일을 해결하기 위해 사람이 필요한 경우에는 누구보다 적극적으로 다가가기 때문이다. 그러나 이러한 관계는 깊게 발전하지 않는다. 휴대전화에 700명이 넘는 연락처가 저장돼 있지만, 그중 사적 관계로 발전한 경우는 다섯 손가락 안에 꼽는다.

약함이 최고의 강함이라고 믿는다. 아무리 나보다 지위가 높고, 큰 권력을 갖고 있어도 그것이 사람의 마음까지 움직일 수는 없다. 자발적인 순종을 얻어 낼 수 없는 것이다. 하지만, 갑자기 어디서 어린아이의 우는 소리가 들려오면 무조건 도와주게 돼 있다. 아무것도 할 수 없는 갓난 아이는 울기만 해도 모든 사람의 마음을 움직인다. 누군가 내 행동을 통제하려 하거나, 자신이 원하는 대로 따라오길 바라는 사람이 있다면 처음에는 무조건 다들어준다. 하라는 대로 모두 다 해준다. 하지만, 조금이라도 비합리적인 부분이 발견되거나, 내 생각에 옳지 않다는 판단이 들면 그때부터는 아무것도 하지 않는다. 한마디로 나는 쉽게 말을 듣지 않는다.

회식이 싫다. 아무리 비싼 맛집을 가더라도, 그것이 회사 회식이면 가고 싶지 않다. 직급이 높은 분들 눈치를 봐야 하고, 내가 어떻게 보일까 하는 걱정에 말과 행동을 신경 써야 한다. 이때문에 음식 먹는 것도 부담스러워진다. 술이 들어가면 갑자기 옆이나 맞은편에 앉은 사람과 친해지지만, 다음 날 술이 깨면 다시 서먹한 관계로 되돌아온다. 회식 중 자리를 비울 때는 옆 사람이 언짢아지지 않도록 화장실을 간다는 말을 꼭 해 줘야 한다. 그렇지 않으면 자신이 부담스럽고 싫어서 자리를 일어난다는 오해를 받을 수 있기 때문이다. 결국 회식은 업무의 연장선일 뿐이다.

떨어진 돈을 줍지 않는다. 만 원권이든, 오만 원권이든 내 소유가 아닌 이상 건드리지도 않는다. 누가 잃어버린 것인지 모르는 돈이라 찝찝하기도 하고, 혹시 나중에 주인이 나타나면 무안해질 것이 싫기 때문이다. 앞사람이 길을 걷다가 돈을 떨어뜨린 것을 본다면 당연히 주워서 주인에게 갖다 준다. 그렇지 않은 경우에는 돈을 봐도 신경 쓰지 않고 돈을 피해 내 갈 길을 간다. 지하철이나 버스에서 가방 지퍼가 열린 것을 보면 알려주기도 한다. 열려 있는 상태가 심각해 분실의 우려가 있는 경우에만 그렇다. 그렇지 않고 살짝 열려 있는 경우라면 말을 걸지 않는다.

손에 무엇을 드는 것을 싫어한다. 그래서 백팩을 선호한다. 가방이 조금 무거워도 어깨로 메는 것은 견딜 수 있지만, 물건을 봉지에 담아 들고 있는 것은 어떻게든 피한다. 양손이 자유롭지 않은 상태를 극도로 싫어하기 때문이다. 단, 휴대전화를 손에 드는 것은 예외다. 유튜브나 틱톡, 넷플릭스 등을 봐야 하고, 모르는 길을 검색해야 하기 때문이다. 또한 계산할 때 휴대전화나 신용카드를 건네주는 것도 싫다. 나 아닌 다른 사람이 내 소중한 물건에 손대는 것이 싫다. 특히 책은 가족이 아닌 이상 절대로 빌려주지 않는다. 책을 빌려주느니, 차라리 새 책을 선물하는 쪽을 택한다.

시간 약속은 약속한 시간 정각을 지켜야 한다. 18시 30분에 약속을 했다면 18시 30분 00초에 정확히 만나야 한다. 그전에 만나도, 그 이후에 만나도 싫다. 너무 일찍 오면 부담스럽고, 너무 늦게 오면 기분이 상한다. 휴지는 휴지통을 꼭 찾아서 버려야 한다. 주변에 쓰레기통이 없으면 주머니에 넣는다. 하지만, 담배꽁초는 예외다. 담배꽁초를 길거리에 버리는 불법은 가끔 저지른다. 담배꽁초는 주머니에 넣으면 냄새가 배기 때문이기도 하지만, 이 정도의 불법은 허용될 수 있어야 한다고 생각한다. 아무

리 거리가 짧은 곳이라도 횡단보도의 신호등은 꼭 지키려 노력
한다.

아이폰, 지갑, 담배, 지포 라이터, 에어팟, 안경 닦이, 애플워
치, 손 소독제. 이 8개 물건은 꼭 몸에 지니고 다닌다. 주머니가
불룩 튀어나오더라도 이 물건들은 꼭 갖고 다녀야 한다. 언제 어
디서든 쉽게 꺼낼 수 있어야 하기 때문이다. 사무실 책상 위에는
컴퓨터 본체, 모니터, 마우스, 키보드, 휴대전화 충전선 외에는 어
떤 물건도 올려놓지 않는다. 필요한 서류들은 서랍에 정리해 둔
다. 책상 위에 어떤 물건도 올려져 있는 꼴을 나는 보지 못한다.
또한 휴대전화 보호필름에는 작은 흠집도 있어서는 안 된다. 조
금이라도 거슬리면 아무리 돈이 아까워도 곧바로 교체한다.

나는 혈액형별 성격 분류를 믿지 않는다. 심리 테스트나
MBTI도 신뢰하지 않는다. 어떻게 사람의 성격을 몇 가지 범주
로 나눌 수 있을까 의문이다. 상황에 따라서 어떤 성향이 다른 어
떤 성향보다 좀 더 강하게 나타날 수 있을 뿐이다. 각각의 사람은
모두 각자의 고유한 성격을 갖고 있다. 혈액형 성격 분류가 한창
유행일 때 한 교수님이 그러셨다. "사람의 피는 누구나 뜨겁다."
라고.

마
이
쮸

　시장은 인격이 없다. 생산자 혹은 소비자가 백인이든 흑인이든, 남자든 여자든 시장에는 아무런 영향을 미치지 않는다. 시장은 오직 수요와 공급의 법칙에 따라 자원을 배분할 뿐이다. 빵을 살 때 그 빵을 만든 사람이 진보냐 보수냐를 묻지 않고 가장 맛있는 빵을 고르는 것과 같다. 그러므로 시장은 평등하다. 누구든지 가장 효율적으로 최고의 제품을 만들어 내는 사람은 성공할 수 있기 때문이다. 시장의 모든 참여자가 각자의 성공을 위해, 즉 이기심을 추구할 때 '보이지 않는 손'의 작용에 따라 세상의 부는 늘어나고 모든 사람이 더 많은 편익을 누리게 된다.

　회사의 입장에서 효율성은 최소한의 재화를 투입해 최고 가치의 제품을 만들어 내는 것이다. 즉, 월급은 적게 줄수록 좋고, 제품의 가격은 높을수록 좋다. 그러나 노동자 입장에서 효율성은 반대다. 자신의 노동력은 최소한으로 들이면서 많은 월급을 받는 것이 노동자의 효율성이다. 노동자는 일을 안 할수록 이익이라는 말이다. 수당 등은 변동이 있지만 월급은 정해져 있다. 그렇다면 그 월급을 받기 위해 들이는 노동력을 최소화하는 것이 나에게 이익이다. 물론 전문직의 경우에는 일을 통해 월급을 받을 뿐 아니라 자아실현을 하기 때문에 얘기가 다르다. 사회적 평판과 명예가 달려 있기 때문이다. 모든 삶을 기울여 일을 할 이유가 있다. 그러나 오직 월급만 필요하다면 최대한 일을 안 해야 이익이다.

회사는 나의 노동력을 돈을 받고 파는 '비인격적' 시장이다. 전쟁터와 다름없다. 자신의 정체성을 회사와 연관시키지 않고, 오직 돈을 위해 일한다면 좋은 직장이란 일과 사람 스트레스가 없는 곳이다. 일은 무조건 쉬울수록 좋다. 중학교만 졸업했어도 할 수 있을 정도로 쉬우면 좋고, 실수를 해도 큰 문제가 없어야 한다. 일을 하는 중에도, 퇴근 후에도 업무에 대해 걱정이 없어야 한다는 것이다. 또한 말을 안 하는 직장일수록 좋다. 꼭 필요한 업무 외의 대화는 인간관계 스트레스의 시작이다. 모두 자기 잘난 맛에 사는 것이다. 자신에게 당연한 것이 상대방에게는 열등감이 될 수 있다. 좋은 사람을 만나면 다행이지만, 그렇지 않을 경우 말을 하면 비교하게 되고 시기와 질투, 미움이 생겨난다. 그러면 회사 생활은 피곤해진다.

단 1초라도 내 노동력을 회사에 그냥 빼앗겨서는 안 된다. 그럼 손해다. 회사에서 강제하는 일을 하는 시간은 최소화하고, 최대한 내가 원하는 일을 하기 위해 시간을 써야 한다. 나는 정해진 시간보다 1시간 30분 일찍 출근한다. 회사에 가장 먼저 도착해 내가 사무실 불을 켠다. 그리고 하는 일은 신문을 보는 것이다. 월요일은 조선일보, 화요일은 한겨레, 수요일은 중앙일보, 목요일은 경향신문, 금요일은 동아일보다. 네이버 뉴스 '신문 게재 기사만 보기' 서비스를 이용한다. 오전에는 어쩔 수 없이 일을 하지만, 오후부터는 어떻게든 책을 읽으려 노력한다. 회사 시간표에 내 삶을 맞추는 것이 아니라, 내가 계획한 시간표 대로 내 삶을 사는 것이다.

'사람은 무엇으로 사는가?' 톨스토이의 답은 사랑이었다. 동시다발적인 FTA와 WTO를 시행하고 있는 신자유주의 한국 사회에 살면서 사랑하는 마음으로 살 수 있을까. 회사를 사랑하고 헌신하는 마음을 갖느니 차라리 봉사 활동을 하는 것이 속 편할 것이다. 고도화된 '비인격적' 시장인 한국 사회에서 나 자신의 정체성을 지키기 위해서는 싸워야 할 수밖에 없다. 나의 노동력과 시간을 강제로 빼앗기지 않으려면 내 삶을 내가 통제할 수 있어야한다. 시장이 강요하는 일이 아닌 내가 하고 싶은 일을 해야 하는 것이다. 어느 날 20대 초반의 여자 동료가 내 책상에 말없이 복숭아 맛 마이쮸 1개를 올려놓았다. 그래서 사는 것인지도 모르겠다.

**＊참고 자료**

밀턴 프리드먼, 『자본주의와 자유』, 심준보·변동열 번역, 청어람미디어, 2007.
L. N. 톨스토이, 『톨스토이 단편선 1』, 권희정 번역, 인디북, 2005.

# 아는 만큼 보인다

나무는 관계다. 길거리에서 나무를 볼 때마다 마르틴 부버의 『나와 너』가 생각난다. 부버는 『나와 너』에서 관계를 나무에 빗대 설명했다. 나무의 색깔, 크기, 생김새, 나뭇잎의 모양 등은 데이터일 뿐이다. 내가 나무의 데이터를 안다고 이 나무를 '안다'고 할 수 있을까? 사람과의 진정한 관계는 그 사람의 데이터를 안다고 맺어지는 것이 아니다. 데이터 없이는 상대방을 인식할 수 없지만, 진정한 관계는 '나와 너'가 뒤섞여 상호작용할 때 맺어진다. 단지 상대방의 이름을 안다고 그 사람을 안다고 말할 수 없는 것과 같다.

꽃은 존재다. 길거리에 피어 있는 꽃을 보면 에리히 프롬의 『소유냐 존재냐』가 떠오른다. 우연히 너무나 예쁜 꽃을 봤다고 치자. 그때 그 꽃을 꺾어 가져가는 사람은 소유적 사람이다. 그러나 그 꽃을 그냥 놔두거나, 꽃을 뿌리째 뽑아 화분에 심는 사람은 존재적 사람이다. 내가 갖고 있는 소유물, 즉 집, 자동차, 직장 등으로 나의 정체성을 규정하는 것이 아니라, 자신의 존재 자체로 만족하며 살아가는 것이 존재적 삶이다. 무엇을 소유해서 만족을 얻으려 하지 말고, 사랑과 같은 가치를 추구해야 한다는 것이다. 만족에는 만족이 없는 소유적 삶이 아닌, 지금 이 순간 나의 존재 자체에 집중하는 것이 존재적 삶이다.

모나미 볼펜은 실력이다. 예전 직장 선배는 취재를 할 때 모나미 볼펜을 고집했다. 실력도 뛰어나고 글도 잘 쓰는 탁월한 선배였다. 그 선배가 어떤 볼펜을 쓰는지 내심 궁금했는데, 선배는 비싼 만년필이 아니라 몇백 원짜리 모나미153 볼펜을 쓰고 있다. 좋은 만년필이 좋은 기사를 쓰게 하는 것이 아니라, 결국은 실력이었던 것이다. 그 어떤 비싼 명품보다 나에게는 모나미153 볼펜이 더 멋있다.

버스는 삶이다. 버스를 탈 때마다 기사님들이 하루 종일 교통 체증을 감내하듯이, 내 삶의 어려움도 이겨 내야 한다는 생각을 한다. 내 삶에도 교통 체증이 있지만 사랑하는 가족과 나의 삶을 지키기 위해 인내해야 한다. 교통 체증은 시간이 지나면 풀린다. 이처럼 내 삶의 고통들도 감내하며 기다리다 보면 풀릴 것이라 믿는다. 답답한 순간이 오면 버스를 떠올리곤 한다.

창문은 십자가다. 어느 날 길을 걷다 우연히 길바닥에서 십자가 그림자를 본 적이 있다. 왜 십자가가 있는지 순간 깜짝 놀랐지만, 알고 보니 한 상점 창문에 비친 그림자였다. 그 이후로 창

살이 교차돼 있는 창문을 보면 십자가가 생각난다. 다른 생각을 하다가도 창문을 보면 예수님의 십자가 사랑과 희생이 떠올라 숙연해지는 것이다.

나무, 꽃, 볼펜, 버스, 창문…. 각각의 사람마다 자신의 경험을 토대로 사물들을 바라본다. 그렇기에 같은 공간, 같은 시간 속에 있어도 모두 다른 삶을 산다. 아는 만큼 보이는 것이고, 경험한 것을 느끼는 것이다. 그래서 무엇을 공부하고, 무엇에 관심을 갖고, 누구를 만나는가는 중요한 문제다. 어떤 경험을 했는지에 따라 하루하루의 의미가 달라지고, 삶의 질이 달라진다. 나이가 들어가면서 내 주변의 더 많은 사물들이 나만의 의미를 갖게 될 것이다. 부디 그 의미들이 긍정적이고 행복한 것들로 가득 차기를 바란다. 내가 책을 읽는 이유다.

**\* 참고 자료**
김진해, 『말끝이 당신이다』, 한겨레출판사, 2021.

## 왕돈가스를 기다리며

퇴근을 기다린다. 주중도 모자라 가끔 토요일에도 퇴근을 기다릴 때가 있다. 이렇게 매일 퇴근을 기다리다 보면 삶이 허무해진다. 돈 때문에 내가 원하지 않는 장소에서, 원하지도 않는 일을 억지로 해야 한다는 것 자체가 너무나 허망하기 때문이다. 그래서 나는 퇴근을 기다리지 않기로 했다. 퇴근 후에 스터디 카페에서 책 읽을 것을 기다리고, 글쓰기 할 것을 기다리기로 했다. 어쩌면 같은 말일 수도 있지만, 퇴근을 기다린다고 생각할 때보다 훨씬 신나고 힘이 난다. 매일 아침 출근하면서 '오늘 무슨 일을 하지?'라고 묻지 않고, '오늘 무슨 책을 읽어야 하지?'라고 질문한다. 기다림의 목표를 내가 원하는 것으로 바꿔 버리는 것이다.

배달 음식을 기다리면서는 휴대전화로 라이더의 동선을 확인한다. 나의 맛있는 페퍼로니 씬 피자가 빨간불 교통 신호를 기다리는 중인지, 어디서 우회전을 할지, 어느 골목으로 진입할지 생각하는 재미가 있다. '빨리 와야 할 텐데.' 생각하다가도 '이러다 사고 나는 것은 아니겠지.' 하는 걱정도 생긴다. 배달 라이더들은 보통 청년들인데 청년 산재 사망 원인의 1위는 배달이라고 한다. 교통사고로 분류되기 때문에 노동부에서 산재 관리도 따로 하지 않는다. 그런 생각을 하다 보면 조금 미안해지기도 한다. 나의 진심은 돈을 이미 지불한 페퍼로니 피자를 못 먹고 환불해야 하는 번거로움이 걱정되는 걸까, 라이더의 안전이 걱정되는 걸까.

기일과 명절에는 돌아가신 아버지가 계시는 묘원에 갈 날을 기다린다. 차가 밀리는 것을 피하기 위해 아침 일찍 6시쯤 집을 나선다. 차를 몰고 1시간 30분을 가면 아버지를 볼 수 있다. 아버지께 갈 날을 기다리며 아버지의 사랑을 추억한다. '아버지, 저 왔어요. 잘 계시죠? 이렇게 잘 키워 주셔서 감사해요. 아빠 실망시켜 드리지 않도록 열심히 살게요. 자랑스러운 아들이 되도록 최선을 다 할게요, 아버지. 천국에서 만날 그때까지 예수님과 성경 공부하시면서 행복하게 지내고 계세요. 성경 공부하시면서 마음에 안 든다고 또 예수님하고 싸우지는 마시고요.'

삶은 온갖 기다림의 연속이다. 적금 목표액이 달성되기를 기다리고, 선배나 친구와의 저녁 약속을 기다린다. 중요한 것은 기다림 끝에 실현되는 사건이 아니라, 기다림 그 자체인지도 모른다. 친구와의 여행 날짜를 잡아 놓고 기다리는 동안 우리는 계획을 세운다. 무엇을 타고, 몇 시쯤 도착해서 무엇을 먹고, 어디를 갈지 계획하면서 이미 생각으로는 여행을 끝내는 것이다. 그 생각이 세세하고 구체적일수록 기다림의 즐거움은 커진다. 실제로 벌어지는 일보다 그 일을 기다리는 시간들을 어떻게 채우냐 하는 것이 삶에서 더 중요한 것이다.

사뮈엘 베케트의 『고도를 기다리며』는 삶은 곧 기다림이라는 것을 알려 준다. '고도'가 무엇인지는 중요하지 않다. 중요한 것은 '고도'가 아니라 기다림으로 채워지는 바로 지금 이 순간의 삶이다. 목표한 일이 실제로 일어날 수도 있고, 계획이 어그러져 그렇게 되지 못할 수도 있다. 계획된 대로 모두 이루어진다고 꼭 행복한 것은 아니다. 이번 계획이 틀어졌다면 더 나은 계획을 만들면 된다. 그 계획을 준비하고 기다리는 시간을 어떻게 채우느냐가 곧 내 삶인 것이다. 나는 궁극적으로는 예수님이 다시 오실 날을 기다린다. 하지만 지금은 오전 11시 33분. 왕돈가스 배달을 기다린다.

**\* 참고 자료**

사뮈엘 베케트, 『고도를 기다리며』, 오증자 번역, 민음사, 2012.

## 카톡!

'왜 연락이 안 오지?' 새해를 맞아 아끼는 지인들에게 카톡을 보냈다. 한 명 한 명을 생각하며 새해를 축복하는 말들과 덕담을 적었다. 가장 먼저 답장이 온 것은 가족에게서였다. 동생과 제수씨가 가장 먼저 답을 해 줬고, 그다음은 일주일에 두세 번씩 카톡을 주고받는, 개척교회를 하시는 선배였다. 다음으로 답 카톡을 보내 준 것은 대학 동창이었다. 생각해 보면 최근에 가장 연락을 많이 했던 순서대로 답장이 도착하는 것 같았다. 대형교회에서 목회를 하시는 선배도 올해 꼭 얼굴을 보자며 연락을 줬다. 아끼는 여 후배는 오늘 바빴다며 오후에 답을 했다.

하루 종일 기다려도 딱 1명이 연락이 없었다. 대학 시절 동아리 선배였다. 아침에 카톡을 보냈는데 저녁까지 읽지도 않았다. 워낙 바쁘신 선배이니 그럴 수도 있다고 생각했다. 새해 인사하는 사람이 너무 많아서 카톡을 못 봤을 수도 있었다. 카톡 방의 숫자 1은 늦은 저녁에서야 사라졌다. 그렇지만 밤까지 기다려도 답장은 없었다. '분명 읽은 것으로 표시되는데 왜 답 카톡을 안 보내시지?' 하는 의문이 들었다. '읽으셨으면 됐지 뭐.' 하는 생각이 들다가도 '나하고 앞으로 연락을 안 하실 생각이신 건가?' 하는 걱정이 들었다. 너무 소심한 건 아닌지 자문하면서 '시간 되시면 연락하시겠지.'라며 스스로를 위안했다. 하지만, '카톡 하나 보내는 데 얼마나 시간이 걸린다고 그걸 안 하시나.' 하는 원망이 들기도 했다.

졸업 후 선배를 처음 만난 건 제주지방검찰청에서였다. 김포에서 비행기를 타고 검사로 일하고 계시는 선배를 보러 갔다. 검찰 사무실에서 선배를 만났다. 선배는 가족사진을 보여 줬고, 그날 저녁으로 삼겹살을 사 줬다. 그렇게 선배를 만나고 난 이후에도 뜸했지만 연락은 끊기지 않았다. 고민이 있을 때, 명절 때마다 연락을 주고받았다. 아버지가 돌아가셨을 때는 서울남부지방검찰청으로 자리를 옮기면서 사정이 생겨 못 가서 미안하다며 부조로 대신하겠다고 했다. 삶의 고민을 털어놓으면 언제나 격려의 말과 함께 진심 어린 위로를 해 준 선배였다. 선배는 나를 대할 때 항상 진중했다. 그런 선배에게서 새해 카톡 답장이 없다는 것은 이상한 일이었다.

'내일 전화를 해 보자.'고 결론을 내렸다. 굳이 전화까지 할 필요가 있을까 하는 생각도 들었지만, 그냥 그렇게 내가 연락을 안 하는 것은 선배에 대한 예의가 아니라는 생각이 들었다. 또 한

편으로는 전화를 받지 않는다면 정말 나하고 연락을 끊겠다는 선배의 의사를 확실히 알 수 있겠다는 생각도 들었다. 예의를 차리고, 선배에게 연락이 없어 걱정했다는 마음을 제대로 표현하려면 아침 일찍 전화를 하는 것이 낫지 않을까 생각했다. 하지만, 아침에는 선배가 업무로 바쁠 것 같았다. 그래서 점심시간을 택했다. 그러나 역시 선배는 전화를 받지 않았다. '지금은 통화할 수 없습니다.'라는 문자가 날아왔다. 선배는 내가 전화한 것을 알고 '통화 거절' 버튼을 누른 것이다.

　무엇보다 궁금한 것은 이유였다. '대체 왜 갑자기?'라는 생각이 끊이지 않았다. '그동안 너무 전화를 안 드렸나?', '내 현재 상황이 선배의 지위와 맞지 않는다는 것일까? 아니야. 선배는 그런 것을 따지며 사람을 가리지는 않아.', '내가 할 수 있는 것은 다 했어. 연락이 끊겨도 어쩔 수 없지 뭐.' 등등 그 알 수 없는 이유를 찾기 위해 애썼다. 그리고 결국 더 이상의 연락은 체념했다. 그러기를 1시간 20분째. 갑자기 휴대전화가 울리기 시작했다. "잘 지내냐?" 하는 선배의 말에 웃지 않을 수 없었다. "잘 지내죠, 선배. 잘 지내셨어요?" 하고 답했다. "나 미국 연수 떠날 것 같아.", "그러면 선배 뵈러 미국 가야 하는 거예요?" 그렇게 서로의 안부를 묻고, 덕담을 나눴다. "새해 복 많이 받아라!" 하는 선배의 말로 통화를 마쳤다. 카톡 답장은 그다음 날 도착했다.

## 조조

관도대전. 200년, 원소는 70만 대군으로 조조를 물리치려 진격한다. 하지만 조조의 책략으로 원소가 패배하게 되고, 조조가 승리를 거머쥔다. 전쟁에서 승리한 조조가 원소가 있던 방 안으로 들어갔는데, 거기서 그는 밀서를 발견하게 된다. 조조의 관료와 병사들이 원소 측과 내통한 서류들을 보게 된 것이다. 옆에 있던 책사는 모두 조사해 참수해야 한다고 말하지만, 조조는 서류들을 태워 버리라고 한다.

조조는 원소의 군대를 보며 자신도 이길 수 있을지 확신이없었다며 병사들의 밀서를 눈감아 준 것이다. 조조는 잘못한 사람들을 처벌하는 대신 빠져나갈 틈을 만들어 줬다. 이것이 바로 조조의 리더십이다. 조조는 자기 사람을 만들기 위해 실수와 치부를 덮어 주었던 것이다. 상대방의 약점을 잡고 이를 자기 이익을 위해 사용한다면 사람을 얻을 수 없다. 오히려 반발을 일으켜 공격당하게 될 뿐이다.

남의 약점을 알게 되거나, 자신보다 못한 사실을 알게 됐을 때 이를 고소해하며 끝까지 이용하는 사람들이 있다. 특히 자신과 경쟁 관계에 있거나, 자기보다 잘난 사람들의 치부를 봤을 때 어떻게든 이를 기회로 삼아 자신이 그 사람보다 잘났다는 것을, 상대방이 별것 아니라는 것을 증명하려 한다. 그러나 아무리 상대방을 깎아내려도 자신의 위치가 높아지는 것은 아니다.

사람이라면 누구나 그럴 수 있다. 상대방의 실수를 보고 위안을 얻을 수 있다. 그 사람의 약점을 보고 조소하면서 나의 못난 부분들에 대해 안심하는 것이다. 하지만 남을 비웃는다고 내가 높아지지 않는다. 내가 5의 높이에 있는데 9의 높이에 있는 사람의 약점을 잡아 끌어내린다고 나의 위치가 5에서 7로 높아지지 않는다. 나는 제자리에 있을 뿐이다. 중요한 것은 나의 실력을 키우는 것이다.

틈을 보였을 때 상대방이 무시하고 짓밟으려고만 한다면, 그 사람은 다시는 틈을 보이지 않으리라 결심할 것이다. 자신의 약점을 결코 드러내려 하지 않고, 어떻게든 더 높은 곳으로 올라가 넘보지도 못할 정도로 상대방을 깔아뭉개려 할 것이다. 일이 이렇게 되면 서로가 서로를 무시하며 경쟁하는 꼴이 되고 만다. 모두가 피곤해지는 것이다. 약점을 드러내는 것은 어쩌면 이해와 사랑을 요구하는 행위다. 비웃을 것인지, 감싸 줄 것인지에 따라 한 사람의 수준이 결정된다. 남의 치부를 비웃을 줄만 안다면 노예근성을 가진 사람일 뿐이다. 시기와 질투는 그래서 우습다.

* **참고 자료**

설민석, 『설민석의 삼국지 1』, 세계사, 2019.

# OZ

『오즈의 마법사』에서 허수아비는 '뇌'를 바랐다. 나도 허수아비처럼 박사 학위가 부럽다. 어떤 분야의 지식이 깊어 전문가가 된다는 것은 매력적인 일이다. 자신만의 전공 분야가 있어 평생 한 분야를 연구하고 깨닫는 것의 자부심과 즐거움은 클 것이다. 박사가 되지는 못하더라도 여러 책을 통해 지식을 쌓아 나가려 노력하고 있다. 천재와 같은 좋은 머리는 아니지만, 나름대로는 만족하며 살고 있다. 어디 가서 똑똑하지 못하다는 말을 들어본 적은 없는 것 같다. 꼭 제도권에서 공부를 하지 않더라도 평생 인문학에 관심을 가지며 미술, 음악 등에도 조예가 깊은 사람이 되고 싶다.

양철 나무꾼은 '심장'이 갖고 싶었다. 식어 버린 사랑을 되찾기 위해서였다. 어린 시절에는 같은 반 친구나 같이 강의를 듣는 여자아이들 중 예쁜 사람이 한두 명쯤은 꼭 있었던 것 같다. 그 여자를 알고 싶고, 만나고 싶은 마음이 강했다. 항상 누군가를 마음에 두고 있었다. 하지만 나이가 들면서 이제는 그런 사람이 없다. 우연히 예쁜 사람을 봐도 그저 '예쁘게 생겼네.' 생각하고 만다. 그 사람을 알고 싶거나, 만나고 싶은 마음이 없다. 무엇이 문제인지는 모르겠으나 더 이상 관심이 없다. 어렸을 때로 돌아가고 싶지도 않다. 그렇다고 여자가 싫은 것은 또 아니다. 나를 좋아해 주는 사람이 있다면 언제든 환영.

사자에게는 '용기'가 필요했다. 나는 성격이 좋은 편이 아니라서 그런지는 모르지만, 불의한 일이 일어나거나 경우에 맞지 않는다는 판단이 들면 바로 행동으로 들어간다. 싸움이 벌어지면 112에 신고하고, 가출 청소년을 봐도 신고한다. 강한 권력에는 처음에는 눈치를 보지만, 불의하다는 생각이 들면 무조건 싸운다. 사람들 앞에 나서는 것을 싫어하지만 꼭 내가 나서야 하는 상황이라면 창피하거나 부끄러운 것은 생각하지도 않고 전면에 나선다. 평소에는 여러 관계나 상황을 귀찮아하고 무관심하지만, 꼭 필요한 순간에는 공격적으로 변하는 것이다. 그래서 항상 '수인한도'를 생각한다. 지금 이 상황이 내가 폭발해야 할 상황인지 아닌지를 판단한다. 나는 말이 없는 성격이지만, 꼭 필요한 말은 정확하고 강하게 표출한다.

마법사 오즈는 허수아비에게 실제로 뇌를 준 것도, 양철 나무꾼에게 심장을 준 것도, 사자에게 용기를 준 것도 아니었다. 그럴 능력도 없는 서커스 공연자일 뿐이었다. 오즈가 해준 것은 그러한 가치들이 이미 내재해 있음을 알려 주고, 실제로 갖고 있다고 믿게 해 준 것뿐이다. 도로시 역시 가족에게 돌아가는 방법을 처음부터 가지고 있었다. 발 뒤꿈치를 서로 세 번만 부딪히면 어디든 갈 수 있는 구두를 신고 있었던 것이다. 어쩌면 나도 삶에서 중요한 가치들을 이미 실현하며 살고 있는지도 모른다. 여러 책을 읽고, 예쁘고 지혜로운 여자를 사랑하고, 불의에 굴하지 않는 용기를 갖고 있고…. 나 자신을 믿지 못하고, 반복되는 일상 속에서 이러한 가치를 잊고 살아갈 뿐. 나는 생각보다 괜찮은 사람일지도 모른다.

**\* 참고 자료**

L.프랭크 바움, 『오즈의 마법사』, 김양미 번역, 김민지 그림/만화, 인디고(글담), 2018.

달

Earth from the Moon. 내 노트북 배경 화면은 아폴로 8호가 찍은 지구 사진이다. 지구에서 태양이 떠오르듯, 달에서 지구가 떠오르는 장면을 찍은 것이다. 이렇게 지구를 보면 내가 얼마나 작은 존재인지 실감하게 된다. 무한한 우주 속에서 나는 지구라는 작고 푸른 행성에 속해 있고, 지구 중에서도 한반도라는 아주 작은 땅에, 그것도 서울이라는 곳에서 숨 쉬고 있다. 우주의 광활함과 무한한 역사를 생각하면 안도감이 든다. 아등바등 치열하게 내 삶이 전부인 듯 살아가지만, 사실은 바닷가의 모래알일 뿐인 것이다. 밤하늘의 달을 볼 때마다 대자연의 웅장함에 겸손해지게 된다. 달을 보면서, 내가 진정으로 원하는 삶은 어떤 것인지 고민하게 되는 것이다.

서머싯 몸의 『달과 6펜스』에서 '달'은 이상적 삶을 의미한다. 나는 글을 쓰는 삶을 살고 싶다. 하루 종일 책을 읽고, 신문을 보고, 주간지를 읽으며 정치와 사회, 문화에 민감한 삶을 살고 싶다. 소설책을 읽으며 마음껏 상상하고, 인문학 책을 읽으면서 정치, 사회에 비판적인 시각을 기르고 싶다. 좀 부족하면 어떤가. '내가 원하는 삶을 살고 있다'는 것이 중요하다. 돈을 버는 것과 관계없이 예술가가 원하는 작품을 만들듯, 나도 내가 원하는 글을 마음껏 써 보고 싶다. 무엇이든 돈과 관련을 맺게 되면 '일'이 된다. 글도 그렇다. 내가 쓰고 싶은 글을 쓰는 것이 아니라, 돈이 원하는 글을 쓰게 되는 것이다. 나만의 작품을 만들면서 운이 좋으면 능력을 인정받아 인기를 얻을 수도 있다. 물론 그렇지 않아도 상관은 없다. 글쓰기는 그냥 내가 좋아하는 일일 뿐이므로.

'6펜스'는 현실이다. 글 쓰는 이상을 실현하며 살아가고 싶어도 돈은 필요하다. 밥을 먹어야 하고, 잠을 잘 곳이 필요하다. 전기세, 수도세, 가스비를 내야 하고 옷도 사야 한다. 책을 읽으려해도 돈이 필요하고, 주간지를 구독하고 싶으면 돈을 내야 한다. 글 쓸 때 사용하는 노트북도 몇 년마다 새로운 모델로 바꿔 줘야한다. 책을 읽고 글을 쓰는 공간인 스터디 카페나 커피숍을 가려해도 돈이 필요하다. 나이가 들어 일을 하지 못하게 됐을 때를 대비해 저축도 해야 하고, 언제 아플지 모르니 실비보험, 암보험도들어 놔야 한다. 돈이 없으면 '글쓰기'라는 나의 꿈은 실현될 수없는 것이다. 『달과 6펜스』의 주인공 스트릭랜드는 가정도, 직장도 버리고 꿈을 좇아갔지만 나는 그러한 삶은 불가능하다고 생각한다.

'달과 6펜스'. 그렇다면 이상과 현실을 어떻게 조화해야 할까. 현실을 살되 모든 삶을 이상을 좇는 데 목표를 두는 것이 방법 아닐까? 글쓰기가 원하는 일이라면, 돈은 글쓰기 하는 데 필요한 만큼만 벌면 된다. '6펜스'의 현실적 삶을 최소화하고 '달'의 이상적 삶을 최대화하는 것이다. 돈을 버는데 드는 에너지를 어떻게든 줄여야 나머지 시간에 마음껏 하고 싶은 일을 할 수 있다. 하루의 삶을 돈 버는 데 모두 소진하지 말고, 자신이 진정 원하는 일을 하는 데 써야 한다. 직장이든 아르바이트든 삶의 주도권을 돈에 내어 주지 말고, 자신만의 계획표를 만들어 원하는 일을 해야 하는 것이다. 스트릭랜드는 화가의 꿈을 위해 모든 것을 버렸다. 나도 그렇게 살고 싶다. 하지만 타협은 불가피하다. 오늘도 6펜스를 들고, 달을 바라본다.

**\* 참고 자료**

서머싯 몸, 『달과 6펜스』, 송무 번역, 민음사, 2000.

# 소송

내가 만약 소송을 당한다면? 누군가 나를 체포하기 위해 수사 중이거나, 재판이 진행 중이라면 어떤 기분일까. 하루하루 쫓기는 초초함과 범죄자로 낙인찍힐지도 모른다는 불안에 시달려야 할 것이다. 재판에서 이긴다면 다행이지만, 지기라도 한다면 어찌할 것인가. 하루아침에 나의 모든 삶을 송두리째 빼앗길 수 있다는 걱정에 시달릴 것이다. 실제로 소송을 당하지 않더라도 어쩌면 삶을 살아간다는 것 자체가 소송을 당한 것일지도 모른다. 불확실한 미래 속에서 매 순간 불안에 시달리기 때문이다. 우리 사회가 정해 놓은 시간표에서 이탈할수록 그 불안은 더욱 심해진다. 대학을 졸업하고, 취업을 하고, 결혼을 해서 아이들을 낳고, 노후 준비를 하는 평범한 삶에서 벗어날수록 초조하고 불안해지는 것이다. 나는 지금 제대로 살고 있는 것일까? 그냥 이렇게 살아도 되는 것일까? 한마디로 나는 불안에 소송당했다.

카프카의 소설 『소송』에서 주인공 요제프 K 역시 어떤 이유인지도 모른 채 어느 날 아침 체포된다. 어떤 법을 어겼는지도 모르고, 어떤 이유로 소송을 당했는지도 알지 못한다. 그럼에도 요제프 K는 자신의 무죄를 입증하기 위해 애쓴다. 화가 티토렐리는 도움을 요청한 요제프 K에게 소송을 끝내는 3가지 방법을 제안한다. 첫째 방법은 무죄가 가능하다면 무죄 판결을 받는 것. 하지만 지금까지 누구도 무죄 판결을 받은 적이 없다. 둘째는 외견상으로만 무죄 판결을 받는 것이다. 그러나 이는 다른 고소로 이어질 것이고, 또다시 체포될 수 있다. 셋째는 판결을 무제한 연기하는 것. 티토렐리는 이렇게 제안하면서 가장 유리한 것은 세 번째 방법이라고 조언한다.

사회에 소속돼 살아가고 있는 이상, 불안에 소송당한 내가 무죄 판결을 받는 것은 불가능하다. 나이에 맞는 직업이 있고, 결혼 적령기가 있으며, 사회에서 기대하는 삶이 어느 정도 합의돼 있다. 이러한 사회적 일반 상식, 합의가 없는 세상은 있을 수 없다. 아무리 개인주의가 발달하고, 제멋대로 사는 세상이라고 하지만, 사회적 시각에서 완전히 자유로운 삶을 살 수는 없는 것이다. 둘째 방법인 형식적으로만 무죄 판결을 받는 것도 근본적인 대책이 될 수 없다. 아무리 좋은 직장에 다니고, 돈을 많이 벌어도 불안은 없어지지 않는다. 오히려 현재의 지위를 유지하기 위해 더 불안한 삶을 살아갈 수밖에 없다. 많이 가질수록 그것을 지키기 위해 더 큰 부담을 느끼는 것이다. 외견상으로는 잘나가는 것처럼 보여도 속으로는 감당하기 힘든 불안을 겪는다.

그렇다면 결국 마지막 방법인 판결을 무제한 연기하는 것이 가장 나은 선택일 것이다. 현재의 삶에 대해 어떤 판결도 내리지 않는 것이다. 지금 내 삶이 사회적 기준에 비춰 맞게 가고 있는 것인지를 판단하지 않고, 하루하루 내 삶에 충실하는 것. 그것이 판결을 완전히 유보하는 것 아닐까? 불안에서 완전히 벗어난 삶을 살아가는 것이 불가능하다면, 아무 판단도 내리지 않고 지금 이 순간 자체를 긍정하는 것이다. 누가 뭐라고 하든 나만의 삶의 방식이 있고, 내가 선택한 삶을 끝까지 밀어붙이는 것이다. 어차피 확실한 것은 없다. 누구나 불확실한 미래 때문에 불안하다. 그렇다면 내가 선택한 길이 맞다고 확신하고 자신 있게 살아가야 한다. 사회적 기준 때문에 이러지도, 저러지도 못한다면 아무것도 할 수 없다. 내게 주어진 여건 속에서 최선을 다해 내 선택을 신뢰해야 하는 것이다.

카프카는 "그들을 매력적으로 만드는 것은 바로 그 소송, 즉 그들에게 제기되어 계속 따라다니는, 그래서 도저히 벗어날 수 없는 소송일 수밖에 없습니다."라고 말한다. 불안을 안고 살아간다는 것은 인간이라면 당연한 것인지도 모른다. 그 불안에서 벗어나기 위해, 조금이라도 확실성 있는 미래를 만들기 위해 노력하는 것이 삶을 살아가는 본질일 수도 있다. 불안에서 발버둥 치는 과정, 그 자체가 우리의 삶을 매력적으로 만드는 것이다. 달콤

한 삶만이 아니라 가끔은 눈물도 나고, 씁쓸한 맛도 나는 삶이 진짜다. 불안이 아예 없다면 우리의 삶은 너무나 재미없고 무료할 수도 있다. 살아 있기에 불안한 것이다. 요제프 K는 심장을 칼에 찔리고, 칼이 두 번 돌려져 죽는다. 그리고 "개 같군!"이라는 마지막 말을 남긴다. 너무 불안할 때는 "개 같네, 진짜!"라고 외쳐도 좋을 것이다.

**\* 참고 자료**

프란츠 카프카, 『소송』 권혁준 번역, 문학동네, 2021.

## 구찌

"너의 첫 번째 구찌야." 드라마에서 한 부잣집 시어머니가 갓난아이 손자에게 옷을 입히며 말한다. 갓난아이가 입으면 얼마나 입는다고 명품을 입히나 하는 생각도 들었지만, 돈이 많은 사람들은 저렇게 사는구나 하는 허탈감이 느껴졌다. 그런데 드라마에서나 나올 법한 이런 이야기가 사실은 흔한 사회 현상이었다. 실제로 저출산의 영향으로 전체 아동복 시장은 위축됐지만, 명품 아동복은 불티나게 팔리고 있다고 한다. 중저가 브랜드는 사업을 접는 곳도 있지만, 유독 명품 시장만 성장하고 있다는 것이다.

명품을 왜 사는 것일까? 나에게 명품이란 부담스러운 것이다. 나의 경제력에 맞지도 않을뿐더러 무엇인지 모를 위화감이 느껴진다. 그래도 나도 명품 한 개쯤은 있어야 하지 않을까 하는 생각에 쇼핑몰을 검색해 보면 역시 내가 살 물건이 아니라는 결론에 이른다. 수십 번을 고민하다가 물건을 사더라도 해당 제품

라인에서 가장 저렴한 것을 고르게 된다. 또한 상품에 명품 로고가 없어야 한다. 크게 로고가 박힌 물건을 들고 다니면, 왠지 속물처럼 보일까 걱정되기 때문이다.

가장 싼 명품이지만, 이렇게라도 명품을 사는 나 자신을 생각하면 너무나 실망스럽고 혐오감마저 든다. '나는 왜 나라는 사람의 가치를 명품으로 드러내려고 하는가.'라는 깊은 자괴감을 느끼는 것이다. 아무런 브랜드가 붙지 않은 시장표 옷을 입어도 당당할 수는 없는 것일까? 얼마나 자존감이 없으면 명품이라고 하기도 어려운 가장 싼 물건을 사면서 만족하고, 위안을 얻는 것일까. 그러나 이런 생각을 하면서도 결국 옷을 살 때는 최소한 잘 알려진 중저가 브랜드라도 찾게 된다. 아무리 가격이 저렴해도 브랜드 없는 시장표 옷은 입기 싫은 마음을 어쩔 수가 없다.

헨리 데이빗 소로우는 『월든』에서 "다만 옷을 웃음거리가 되지 않게 하고 성스럽게까지 하는 것이 있다면, 그것은 그 옷을 입은 사람의 반짝이는 진지한 눈빛과 성실한 삶 때문인 것"이라고 말했다. 명품 옷을 입었는지, 샤넬 백을 들었는지가 중요한 것이 아니라 그 사람의 진실한 삶이 곧 옷을 만든다는 얘기다. 내가 무엇을 소유했는지로 나 자신을 드러내면 절망밖에 느낄 수 없다. 항상 나보다 더 많은 것을 소유한 사람이 있고, 만족에는 끝이 없기 때문이다. 아무리 좋아 보이는 명품도 시간이 지나면 만족감은 사라진다. 또다시 더 좋은 명품이 필요한 것이다. 내가 명품 백을 들고 나갔는데, 나보다 더 비싸고 좋은 명품 백을 가진 사람을 보면 기분이 상하는 것과 같다.

이제 막 돌을 맞는 딸은 둔 동생에게 '명품 아동복' 기사를 카톡으로 보냈다. 그러면서 '세상 참 문제다. 너는 그러지 마라.'고 덧붙였다. 동생은 내 카톡에 '형도 참 이상해.'라고 답했다. 돈 있는 사람들이 쓰겠다는데 그게 무슨 문제냐는 말이었다. 그러면서 '나는 돈이 없어서 살 수도 없으니 걱정 마.'라고 한다. 조카 돌 선물로 무엇을 할까 고민하다가 결국 '금수저'를 사기로 결정했다. 비록 금수저로 태어나지는 못했지만, 그래도 금수저였으면 좋겠다는 마음을 담는 것이다. 삼촌인 내가 조카에게 구찌를 사 줄 수 없어 미안하다. 하지만, 구찌를 입지 않아도 성실하고 참된 삶으로 자신감을 갖는 사람이 되길 바란다. 명품으로 자신을 규정하는 것이 아니라, 내가 사는 삶 그 자체로 당당한 사람이 됐으면 좋겠다. 명품으로 자신감을 느끼는 삶은 너무 쪽팔리지 않은가!

**\* 참고 자료**

헨리 데이빗 소로우, 『월든』 강승영 번역, 은행나무, 2011.
송혜진, "음메 귀한 내 새끼"… 고가 아동복만 불티', 『조선일보』, 2023.02.27.

#1. 무작정 해수욕장에 가서 술을 먹기로 했다. 좋아하던 여자와 잘 안 됐기 때문일 수도 있었다. 돈을 아끼기 위해 소주와 새우깡을 샀다. 모래사장에 앉아 병나발을 불었다. 늦가을, 날씨는 쌀쌀했다. 그렇게 소주 3병을 마셨다. 만취 상태에서(내 주량은 소주 1병이다.) 찬 바닷바람이 온몸을 휘감았다. 어디든 따뜻한 곳으로 들어가야 했다. 무작정 걸어 나와 아무 건물이나 들어가 몸을 눕혔다. 얼마나 시간이 지났을까. 누군가 나를 흔들어 깨웠다. 눈을 떠 보니 호텔 엘리베이터 안. 호텔 손님이 나를 깨운 것이다. 술을 마시면 왜 그럴까. 욕실에 들어가 발가벗고 샤워기를 튼 채 밤새도록 잠을 잔 적도 있다. 취기가 오른 상태에서 화장실을 찾기 어려울 때는 노상 방뇨를 하기도 한다.

#2. 서울역 앞에서 맨정신으로 누워 있을 수 있을까. 인생을 어떻게 살아야 할지 갈피를 잡지 못하던 때였다. 꼭 해 보고 싶기도 했다. 서울역 앞에 누워 있는 노숙자는 어떤 기분일까. 박스는

깔지 않았다. 보도블록 위에 그냥 누웠다. 지린내가 올라왔다. 그렇게 서너 시간이 흘렀다. 수많은 사람들의 수다 소리, 발걸음 소리가 스쳐 지나갔지만 나에게 말을 거는 사람은 단 한 명도 없었다. 깡통을 놓지 않아서인지 돈을 놓고 가는 사람도 없었다. 처음 얼마 동안은 재미도 있었다. 고통스럽고 짜증 나는 삶에서 해방된 기분이었다. 하지만 곧 우울해졌고, 진지해졌다. '앞으로 내 삶이 이렇게 되지 않으려면 정말 열심히 살아야 한다.', '진짜 정신 차리지 않으면 안 된다.' 등등의 다짐을 하는 시간이었다. 노숙자 코스프레는 그렇게 끝났다.

#3. 무조건 앞으로 갔다. 왜 그랬는지는 모르겠다. 광우병 촛불 집회 때였다. 광화문 광장에 사람들이 운집해 있었다. 나는 맨 앞 전경이 방패를 들고 있는 곳까지 들어갔다. 그리고 전경 방패에 힘껏 몸을 부딪혔다. 내 행동을 보고 뒤에 있던 사람들이 "잘한다!"고 소리쳤다. 마치 80년대 민주화 운동을 한다고 생각했던 것일까. 권력에 대항한다는 무엇인지 모를 자부심이 들었다. 하지만 진지하지는 않았다. 장난스럽게 분위기에 휩싸인 것뿐이었다. 우리나라의 민주화 운동에 참여했던 사람들 중 나같이 장난스레 참여했다가 희생된 사람들도 분명 있었을 것이다. 물론 진지한 고민을 갖고 있는 사람도 있었겠지만, 그렇지 않고 그냥 다른 사람을 따라 했던 사람들도 있었겠다 생각하면 민주화 운동을 폄훼하는 것일까. 지난 2021년부터 우리나라는 미국산 쇠고

기 최대 수입국을 유지하고 있다. 전 세계에서 미국산 소를 가장 많이 먹는 나라가 된 것이다. 물론 소고기라면 나도 환장을 한다.

#4. 다비도프 엔트레악토 시가 3대, 러쉬 입욕제 2개, 그리고 욕조가 있는 호텔방 예약. 나의 여행 준비물이다. 우선 여행지에 도착해 저녁을 먹으며 소주를 한 병 마신다. 그리고 호텔 방으로 들어가 TV를 보며 욕조에 따뜻한 물이 채워지기를 기다린다. 입욕제를 넣고, 욕조 옆에 미리 준비한 커피를 세팅한다. 몸을 욕조에 담그고 시가에 불을 붙인다. 그렇게 욕조 물에 온몸을 맡긴 채 커피를 홀짝이며 시가를 피우는 맛이란, 상상 불가다. 안 해 본 사람은 모른다. 그리고 아침 일찍 일어나 일출을 보며 또 시가 한 대를 태운다. 시가는 한 대 피우는 데 20분~30분이 걸린다. 떠오르는 태양을 여유롭게 감상하기에는 딱 알맞은 시간이다. 마지막 시가 한 대는 여행을 마치고 집으로 돌아오기 직전에 피운다. 아쉬우니까.

지랄 총량의 법칙. 한 사람이 평생 해야 할 지랄의 총량이 정해져 있다는 것이다. 나의 지랄은 이것으로 끝일까. 제발 그러기를 바란다. 이미 너무나 많은 짓을 하며 살아왔다. 그래서 요즘은 좀 차분해진 것인지도 모르겠다. 이제는 행복만 이어지기를 바라본다. 지랄의 총량이 있는 만큼 행복 총량도 정해져 있지 않겠는가.

**\* 참고 자료**

김두식, 『불편해도 괜찮아』, 창비, 2010.

# 다시 한번!

어떻게 살아야 할까. 뜻대로 되는 일은 별로 없고, 돈은 항상 부족하다. 계획을 세우지만, 언제나 틀어진다. 오히려 원하지 않는 감당하기 어려운 일들만 몰려온다. 반복되는 사건들 속에서 허무함과 우울함이 다가온다. 모두가 '꿈', '행복', '자유'를 위해 발버둥 치지만 이는 현 사회 구조를 위한 자기 착취일지도 모를 일이다. 즉, 현 사회 구조의 발전을 위해 "스스로 가해자이면서 희생자, 주인이자 노예"로 살아가고 있는지도 모른다. 그러나 이러한 허무한 삶 속에서 니체는 "다시 한번!"을 외치라고 말한다.

니체의 긍정을 위해서는 니힐리즘, 즉 허무주의의 극복이 필요하다. 들뢰즈에 따르면 허무주의는 부정 → 반응 → 수동의 3가지 의미를 갖는다. 우선 부정적 허무주의는 '권력의지인 부정하는 의지'다. 신, 진리, 참·거짓, 선·악, 인과 모두를 허구로 인식하는 단계다. 니체는 "세계를 해석하는 것은 우리의 욕구"일 뿐이며 "우리는 우리가 만들어 낸 세계만을 파악할 수 있다."고 말한다.

이 때문에 신도 도덕도 니체에게 있어서는 모두 부정된다. 종교란 "지배할 운명을 타고났으며 지배 종족의 이성과 예술이 구현되는 강자와 독립자에게 있어서 저항을 억누르고 효과적으로 지배하는 수단"일 뿐이다. 기독교의 신은 자신의 죄를 깨닫는 만큼 사랑을 부어 준다. 자기 부정이 깊을수록 이를 치유해 줄 한 없는 은혜의 크기는 증가하는 것이다. 이 때문에 들뢰즈는 기독교를 "죄의식을 양산해 내는 기구, 고통을 배가시키는 기구, 고통에 의한 정당화, 구역질하는 공장"이라고 해석한다.

도덕 또한 마찬가지다. 생존을 위해, 지배층에 유리하게 형성된 것일 뿐 유래를 알 수 없는 것이다. 진리란 참-거짓의 상대 관계일 뿐이며, 인과관계란 필연적으로 형성되는 것이 아닌 권력 투쟁에 따른 배치의 결과일 뿐이다. 선과 악, 좋은 것과 나쁜 것 등은 모두 허구다. 이 때문에 니체는 "인식은 판단이다! 하지만 판단은, 어떤 것이 이러이러하다는 신앙"이라고 말하고 있다.

이후 반응적 허무주의의 단계로 간다. 세계는 모든 가치, 의미, 목적을 잃어버리고 외관상으로만 존재할 뿐 본질은 없다. 모든 인식은 자신의 욕망의 결과, 즉 신앙이므로 결국 박탈된 자기 자신으로 귀결된다. 박탈된 자신은 살아남기 위해 자기 자신을 승리자로 만든다. 자신이 곧 신이 되고, 자기 자신이 도덕, 진리 자체가 되는 것이다. 그러나 이 상태에 머무르지 않고, 수동적 허무주의의 단계로 나아간다. 수동적 허무주의는 반응적 허무주의의 극단적 완성으로 자기 자신까지 부정하고 소멸하게 된다.

모든 가치가 부정되고, 나 자신마저 잃어버린 상황에서 다가오는 세계를 어떻게 극복할 수 있을까? 니체의 대답은 바로 긍정이다. 들뢰즈는 니체의 영원 회귀를 이중 긍정으로 규정한다. 변증법적 세계관은 대상과 이를 부정할 다른 대상을 상정하고, 이를 또다시 부정함으로써 긍정하는 이중 부정의 세계관이지만, 니체는 이중 긍정을 통해 세계에 맞선다.

내게 다가오는 모든 세계는 우연이다. 좋은 것도 나쁜 것도, 선한 것도 악한 것도 아니다. 목적도 의지도 없지만, 내게 다가온 그 순간 필연이다. 이것이 바로 첫 번째 긍정이다. 모든 세계는 우연이지만 곧 필연이라는 것이다. 그러나 여기서 멈추지 않는다. 그 필연적 사건은 또 다른 필연을 위한 우연이기 때문이다. 결국, 기쁨도 슬픔도 없다. 만약 슬픔이 내게 왔다면 원하지도, 뜻하지도 않은 우연이었지만, 내게 와야만 했던 필연적 슬픔이었다. 그러나 그 슬픔에서 끝나지 않는다. 내게 다가온 필연적 슬픔은 또 다른 필연인 기쁨을 위한 우연적 사건일 수도 있기 때문이다. 그래서 니체는 "그것이 삶이었던가? 자! 그럼 다시 한번!"이라고 외치는 것이다.

여전히 내게 다가오는 상황의 변화는 없다. 말라르메의 부채는 지금도 날아오르길 소원한다. 프로도는 절대반지를 원하지 않았지만, 우연히 자신에게 맡겨졌다. 프로도에게 반지는 우연이었지만, 곧 필연이었다. 절대반지의 무게는 견딜 수 없는 것이었지만, 그 우연적 사건은 승리를 위한 필연적 사건으로 이어졌다. 여전히 '나'는 니힐리즘의 그림자에서 벗어나지 못했지만, 니체의 사유를 따라가며 비춰진 한 줄기 빛으로 위안을 삼는다. 선한 것도 악한 것도, 좋음도 나쁨도 없다. 모든 것은 긍정이다. 그래서 '이 지금' 다짐한다. "다시 한번 더!"

**\* 참고 자료**

진은영, 『니체 영원회귀와 차이의 철학』, 그린비, 2007.

한병철, 『피로사회』, 김태환 번역, 문학과지성사, 2012.

질 들뢰즈, 『니체와 철학』, 이경신 번역, 민음사, 2001.

프리드리히 니체, 『권력에의 의지』, 강수남 번역, 청하, 1988.

프리드리히 니체, 『짜라투스트라는 이렇게 말했다』, 황문수 번역, 문예출판사, 2001.

# 2580

MBC 〈시사매거진 2580〉에 담임 목사님이 나왔다. 중학교 시절 믿음 좋은 아이였던 내게는 충격적인 일이었다. 주일예배 시간에 기도가 끝나면 목사님이 단상에 올라와 계셨는데 어린 마음에 난 가끔 목사님이 하늘에서 내려온 것은 아닌가 생각도 했었다. 그런 목사님이 교회 건축 비리와 관련된 시사 고발 프로그램에 나오게 된 것이다. 교회 분위기는 급박하게 바뀌었다. 건축을 맡았던 장로님과 관련자들은 교회 내에서는 마귀가 돼 있었다. 이 일을 겪은 후 중학생이었던 나는 세상을 바라보는 시각을 180도 바꾸게 되었다. '아무도 믿을 수 없다.'는 확고한 신념이 생긴 것이다.

어린 시절 내 주변 어른들은 모두 좋은 분들이었다. 아는 분들이 아니더라도 누구든 어른은 공경해야 할 대상이었고, 나에게 친절을 베풀어 주시는 고마운 분들이었다. 하지만 〈시사매거진 2580〉에 나온 목사님, 택시 요금을 일부터 부풀리기 위해 뻔히 아는 길을 돌아서 가는 택시 기사 등의 어른들을 겪으며 세상은 아무도 믿을 수 없으며, 어른이라고 누구나 나에게 호의적일 것이라는 생각은 버리게 되었다. 지금은 사람을 보고 교회에 다니는 것은 어리석다는 것을 알게 되었고, 돈을 지불할 때 사기를 당하지 않으려면 정신을 똑바로 차리고 항상 이익과 손해를 따져 봐야 한다는 생각을 갖고 있다. 기본적으로 사람을 믿지 않는 것이다.

이처럼 나에게 세상은 경계의 대상이다. 사람을 대할 때 항상 의심의 칼날을 세운다. 겉으로는 웃으며 대화를 이어가지만, 속으로는 이 사람이 이런 말을 한 이유는 무엇일까, 이렇게 행동한 까닭이 무엇일까 생각한다. 어떨 때는 상대방의 의도를 알아차리기 위해 알고 있는 것도 모르는 척하면서 어떻게 반응하나 지켜보기도 한다. 속으로는 비웃으면서 아닌 척 대화를 이끌어 나가기도 하도, 기분이 상했더라도 티를 내지 않고 아무렇지도 않은 척하기도 한다. '아무도 믿을 수 없다.'는 신념을 갖고 항상 전투 상황을 유지하는 것이다.

세상을 전장으로 보는 나의 시각은 어쩌면 당연한 것인지도 모른다. 내가 살아가고 있는 현재의 한국 사회는 자본주의가 고도화된 신자유주의 사회이기 때문이다. 누구나 자신의 이익을 최대화하기 위해 이기심을 갖고 살아가고 있다. 조금의 손해도 보면 안 되는 세상인 것이다. 손해를 본다는 것은 곧 자본주의 사회에서는 실패를 의미한다. 때로는 남을 조금은 속여서라도 자신의 이익을 최대화해야 한다. 너무 크게 생각할 것도 없다. 내가 편하려면 내 옆자리에 앉은 동료가 불편을 감수해야 한다. 그러므로 세상은 아무도 믿을 수 없고 나의 이익을 극대화하기 위해 싸워야 한다.

우리가 사랑하는 사람과 만나는 것은 이러한 전투 상황에서 잠시라도 해방되기 위함은 아닐까? 어쩌면 이기심은 인간의 본성이 아닐지도 모른다. 가까운 사람을 만날 때는 오히려 내가 손해 보는 것이 마음이 더 편할 때가 있기 때문이다. 나 때문에 친구나 선배가 기분이 상하지는 않을까 걱정하고, 가끔은 일부러 농담도 던지면서 함께 웃는다. 이때 누가 이익인지 따위는 중요하지 않다. 그냥 만나기만 해도 반갑고 기분이 좋다. 기독교에서는 "네 이웃을 네 몸과 같이 사랑하라."고 말한다. 전쟁 중인 세상에서 조금이나마 인간으로서 실격된 삶을 살지 않는 이유인지도 모른다.

\* **참고 자료**
다자이 오사무, 『인간 실격』, 김춘미 번역, 민음사, 2012.

# 장례식

장례식은 고인을 위한 것이 아니다. 연명 치료를 중단하기로 결정하고, 서너 시간 후 아버지가 돌아가셨다. 기다리는 시간 동안 아버지의 죽음을 기정사실로 받아들였다. 그 기분은 한마디로 당황스럽다는 것이었다. 온몸이 떨렸다. 아버지의 죽음은 실감이 나지 않았다.

더 중요한 것은 장례 절차였다. 장례식장은 어디로 할 것이며, 조문객 연락은 어떻게 해야 하는지, 시신은 어떻게 운구해야 할지, 상조회사에는 어떻게 연락해야 할지 등을 생각하기에 바빴고, 아버지의 죽음 그 자체를 생각할 여유는 없었다. 장례식을 준비하는 것에 정신이 팔려 정작 아버지 생각은 뒷전이었던 것이다.

장례식장에서도 마찬가지였다. 가장 먼저 친척들이 찾아왔고, 아버지의 지인, 그리고 가족들의 지인들이 방문했다. 한 사람, 한 사람 조문객들이 올 때마다 이분은 누구고 아버지와 어떻게 되시는 분인지 인사하느라 정신이 없었다. 친구와 선배가 찾아왔을 때는 슬픔보다 반가움이 앞섰다. 하루에 세 번 목사님과 교회 신도들이 오셔서 추도 예배를 드렸다. 장례식장에서의 시간은 너무나 빨리 흘렀다.

주인공은 우리 아빠였지만, 이 모든 과정을 겪으면서 더욱 아버지의 상실이 실감이 나지 않았다. 조문객이 올 때마다 그 사람과의 관계를 생각하기에 바빴다. 장례식이라는 절차는 어쩌면 고인을 생각하는 것이 아니라 그 절차를 진행하는 동안만이라도 순간적으로 슬픔을 잊기 위한 것은 아닐까 헷갈렸다.

하지만 그래서 장례식은 중요하다. 가족을 잃은 슬픔의 충격을 완화시켜 주기 때문이다. 혼자 있었다면 충격 속에서 절망했겠지만 많은 사람들과 함께 있다 보니 슬픔을 잊게 된다. 당장 눈앞의 조문객들을 신경 써야 하고, 장례 절차에 집중하다 보니 슬픔의 감정을 느끼기 어려운 것이다. 어쩌면 장례식에 찾아오는 조문객들의 일상과 나의 슬픔이 섞이면서 충격이 완화하는 것인지도 모르겠다.

장례식이 끝나고 며칠 뒤 거리와 지하철에 있는 사람들을 보며 한없는 허무함을 느꼈다. 나는 아버지를 잃었는데 세상은 너무나 무심했다. 당연한 일이지만, 세상의 일상이 그대로 진행되고 있다는 사실이 낯설었다. 허무했고, 우울했다. 아버지의 죽음이 실감 나기 시작한 것은 장례식 이후였다. 장례식 때는 한 방울도 나오지 않던 눈물을 그제야 한없이 흘리기 시작했다.

아버지, 천국에서 만나요.

# 평등

탄생은 내 의지가 아니다. 이 세상 어느 누구도 자신의 의지로 태어난 사람은 없다. '그래 이제 세상에 나와야지.'라는 의지를 갖고 태어난 사람은 아무도 없다는 말이다. 나의 탄생은 남자와 여자가 만나 자연스러운 호르몬 작용에 따른 결과물일 뿐이다. 그러므로 나는 '왜 살아야 하는가?'라는 물음에 답할 수 없다. 태어났다는 것이 싫다는 말이 아니다. 단지 태어난 목적을 모른다는 것이다.

이렇게 생각하면 나이는 말 그대로 숫자일 뿐이다. 나이는 내가 결정한 것이 아니다. 내 노력으로 얻은 것도 아니다. 어떻게 나이가 많다는 것으로 다른 사람에게 권위적일 수 있는지 이해할 수 없다. 부모님은 나를 낳고 보호해 주고 키워 주셨기에 당연히 공경하고 사랑한다. 하지만 나와 아무 관련이 없는 나이 많은 사람들을 존중해야 하는 이유는 무엇인가?

태어난 시각을 내가 선택한 것도 아닌데, 나이가 많고 적음이 무슨 의미가 있을까. 생각해 보면 어린아이든 노인이든 달리 대해야 할 이유는 없다. 그렇다고 어른을 공경하지 않는다는 것이 아니다. 공동체 사회에서 공경은 당연하다. 다만 원칙적으로 사람은 그렇다는 것이다. 나는 타인인 어른에게 존댓말을 하듯 어린아이에게도 존댓말을 한다. 어린아이든 어른이든 모두 자신이 왜 태어났는지 모른 채 세상에 나온 나와 동등한 사람일 뿐이다.

부모의 재력도 나의 선택과는 무관하다. 가난한 집에 태어난 것도, 부유한 집에 태어난 것도 내 의지와 상관이 없다. 종교 또한 마찬가지다. 태어나 보니 부모님이 교회를 다니실 수도 있고, 절에 가실 수도 있다. 변수는 있지만 대부분 부모의 종교를 어렸을 때부터 경험하게 될 가능성이 크다. (물론 개인적으로는 교회를 다닌다는 것을 축복으로 생각한다.)

자신의 노력과 의지로 이뤄 낸 것들은 존중받아야 하고 또 존중해 주어야 한다. 하지만 그렇지 않고 자신의 의지와 상관없이 주어진 것들에 대해서는 부러움의 대상이 될 수는 있어도 그것이 곧 그 사람의 가치를 결정하는 것은 아니다. 자기 힘으로 이뤄 냈다고 하는 것도 부모님의 재력이 바탕이 된 것일 가능성이 크다. 그러니 쫄지 말자. 어차피 너와 나는 왜 사는지 모르는 똑같은 인간일 뿐이다.

무엇이든
열심히

언론사 시험을 같이 준비했던 스터디 모임 친구들이 있다. 우리는 인터넷 카페에서 만났다. 인원은 변동이 있었는데 대략 4~5명 정도였다. 주로 신촌 스터디 카페에서 모였다. 모여서 한 가지 주제를 놓고 토론했고, 즉석에서 글을 한 편씩 썼다. 그리고 그 글을 공유하며 서로에게 조언을 했다. 우리 스터디는 꽤 실력이 좋은 편이었다. 나 외에도 두 명을 기자로 배출했다.

몇 년 뒤 스터디를 함께했던 친구들과 술자리 모임을 했다. 곧 결혼을 한다는 형도 있었고, 기자 생활의 어려움을 토로하는 동생도 있었다. "이게 결국 사람들 말을 쫓아다니는 거야." 정치부 기자였던 동생이 한숨을 쉬며 말했다. 그렇게 수다를 떨며 시간을 보낸 뒤 헤어지기 직전 그 동생이 진지하게 말했다. "오빠, 무엇이든 열심히 하는 것이 중요한 것 같아."

그 이야기는 오래도록 가슴에 남았다. 아무리 생각해도 그 친구의 말이 맞았다. 무엇을 어떻게 해야 할지 모를 때, 잘 살고 있는 것인지 회의가 들 때 '무엇이든 열심히'라는 말을 되새기곤 한다. 그러면서 느슨했던 삶을 다시 다잡는 계기가 되는 것이다. 또한 무엇이든 열심히 하면 몰입의 행복감도 누릴 수 있다.

그러나 '무엇이든'이 곧 '아무거나'라는 말은 아니다. 열심을 다할 대상 또한 열심히 찾아야 한다. 그 일을 할 만한 능력도 있어야 하고, 특히 그 일을 했을 때 내가 가치 있게 시간을 쓰고 있다는 보람과 성취감을 느낄 수 있어야 한다. 행복은 가치 있는 일에 몰입하며 성취감을 느낄 때 찾아오는 것이다. 어쩌면 지금 이 순간을 사는 일, 현재를 사는 일은 '무엇이든 열심히' 할 때가 아닌가 싶다.

한편 의식적으로 피하려는 단어도 있다. 바로 '어차피'다. '어차피'라고 생각하면 속은 시원하다. '어차피 끝난 일', '어차피 안 될 일'이라고 빠른 결론을 내리면 답답한 고민이 사라지는 것이다. 그러나 '어차피'라는 생각을 하면 경솔하고 충동적으로 결정하게 된다. 쉽게 포기하기도 하고, 금방 좌절하기도 한다. '어차피'라는 단어가 떠오를 때는 그래서 조심해야 한다. '어차피'의 표준국어대사전 뜻풀이는 '이렇게 하든지 저렇게 하든지'다. 될 대로 되라는 말이다. 내 소중한 삶을 '어차피' 살 수는 없다. '무엇이든 열심히' 살자.

# 호의적 무관심

좋은 만큼 힘들다. 누굴 만나든 그 사람을 만나서 좋은 만큼, 딱 그 크기만큼 가슴앓이를 한다. 누군가를 생각할 때 마음이 아프지 않다면 그 사람과의 관계는 깊지 않다는 뜻이다. 상대방과의 관계가 얕을수록 힘들지 않다. 하지만 누군가를 진정으로 아끼고 사랑한다면 그 관계에서 희열을 느끼는 그만큼 아프다.

어린 시절에는 관계의 아픔을 먼저 생각하지 않았다. 누군가가 좋다면 그것이 남자든 여자든 고통을 먼저 생각하지 않았다. 만나서 즐겁게 웃고 행복할 것만을 고려한 것이다. 하지만 이제는 안다. 누군가를 만난다는 것은 나의 삶과 상대방의 삶이 공유되는 것이며, 서로의 상처까지 감당해야 하는 일이라는 것을.

그래서 두렵다. 내 삶의 상처를 내보이는 것이 꺼려지고 걱정된다. 내가 상대방의 아픔을 보듬어 줄 마음의 여유를 갖고 있지도 못하다. 자신이 없다. 다른 사람의 상처를 끌어안을 수 있는 용기가 부족하다. 누군가의 아픔을 알았을 때 그 사람의 아픔을 덮고도 남을 만큼의 충분한 감정이 없을까 봐 두렵다. 나에게는 다른 사람에게 줄 수 있는 감정의 용량이 부족하다.

생텍쥐페리의 『어린 왕자』 속 여우는 말한다. 나를 길들여 달라고. 길들인다는 것은 인연을 맺는 것이고, 시간을 들여 서서히 한 걸음씩 다가오는 일이라고. 그렇게 했을 때 나는 너에게 이 세상 하나뿐인 여우가 될 것이라고 말한다. 수천 송이의 장미가 있지만 그중 나의 장미는 내가 물을 주고, 바람막이를 덮어 준 오직 하나의 장미만 있을 뿐이다.

하지만 나는 더 이상 어린 왕자가 아니다. 누군가를 길들이고, 내가 누군가에게 길들여지는 삶을 원하지 않는다. 이유는 나도 알지 못한다. '호의적 무관심'이라는 말이 있다. 이제는 쇼핑할 때 점원의 진심 어린 친절 정도가 마음이 편하다. 깊은 관계에 들어설 일이 없는, 그래서 가볍고 부담을 느끼지 않지만 서로에게 호의적인 관계가 좋다. 무관심이 꼭 차가운 것만은 아니다.

**\* 참고 자료**

생텍쥐페리, 『어린 왕자』, 이상희 번역, 신라출판사, 2015.

# 비인격적 시장

시장은 인격을 고려하지 않는다. 시장은 오직 경제적 생산성에만 집중한다. 효율성 외의 다른 조건은 시장에 영향을 미치지 않는 것이다. 이 때문에 가난한 집안에서 태어난 사람이 세계적인 재벌이 될 수도 있고, 화장실 청소부였던 사람이 능력을 인정받아 번듯한 직원이 될 수도 있다. 시장은 오직 경제적 효율성에만 치중함으로써 시장 참여자 누구에게나 성공의 기회를 제공한다. 경제적 자유의 극대화를 추구하는 시장은 부의 재분배를 통해 정치적 자유를 증진시킬 뿐만 아니라 사회 전체의 복지를 증가시키는 것이다.

문제는 시장의 비인격성이 모든 사람에게 평등한 기회를 제공하는 역할에서 벗어나 우리 사회가 지켜야 할 정신적 가치들을 거래의 대상으로 삼으려 할 때 생기는 부작용이다. 가치 판단을 하지 않는 시장의 비인격적 특성이 정신적 가치들에 개입하면 시장은 이를 변질시키고, 무너뜨리기 때문이다. 만약 노벨상을 돈으로 살 수 있다면, 노벨상이 가진 명예로움은 훼손될 것이다. 바티칸 교황 집전 미사를 입장권을 받고 판다면 미사에 깃들어 있는 종교적 가치는 훼손된다. 신성함이라는 미사가 가지는 고유의 가치를 돈을 받고 매매함으로써 이윤 추구를 위한 수단으로 전락시키기 때문이다. 가치 판단을 배제하고 경제적 효율성이라는 기준으로 모든 것을 판단하는 시장의 특성이 오히려 독으로 작용하는 것이다.

이뿐만 아니라 시장이 정신적 가치에 개입하면 시장 실패를 가져온다. 시장의 비인격성이 도덕적 가치를 변화시켜 수요와 공급이라는 시장의 법칙을 무너뜨리는 것이다. 이와 같은 일은 특히 벌금이 요금으로 간주됨으로써 일어난다. 이스라엘의 한 어린이집에서 아이를 늦게 데리러 오는 부모들에게 벌금을 부과했지만, 오히려 늦는 부모가 더 늘어났다. 이는 아이를 늦게 데리러 올 때 느꼈던 죄책감이 요금을 지불하고 사용할 수 있는 서비스로 대체됐기 때문이다. 이와 마찬가지로 길거리에 쓰레기를 버릴 때 내는 범칙금을 요금으로 생각해 누릴 수 있는 서비스라고 생각하는 사람들이 늘어난다면 벌금의 효과는 떨어질 것이다. 경제적 효율성이라는 잣대로 생각하면 돈을 주고 길거리에 쓰레기를 버리는 일이 쓰레기를 수거해 집으로 가져가는 것보다 더 합리적이라고 판단할 수도 있기 때문이다.

더 큰 문제는 벌금을 요금으로 생각하는 것과 같은 풍조가 합리적인 삶의 태도로 여겨져 하나의 문화로 확산되는 데 있다. 즉, 시장을 경제 체제로 받아들이는 데 그치지 않고 삶의 규범으로 받아들여 우리 사회가 지켜야 할 본질적인 가치들이 점점 훼손되고 있는 것이다. 탄소 배출권을 거래하면 손쉽게 이산화탄소 방출을 제한할 수 있지만, 이를 돈을 주고 산 국가나 기업들은 자연 보호라는 책무를 잊어버리고 탄소 배출을 권리라고 인식하게 된다. 또 시장의 효율성만 생각할 때 암표 거래는 합리적이다. 부족한 재화를 분배할 때 가장 높은 가격을 제시하는 소비자에게 그 몫이 돌아가는 것은 수요와 공급의 법칙에 따라 바람직한 일이기 때문이다. 그러나 암표 거래는 표를 사기 위해 선착순으로 줄을 섰던 사람들의 몫을 부당하게 빼앗는 일이다. 암표 거래는 시장의 효율성으로 따지면 문제될 것이 없지만, 선착순 줄 서기라는 공공의 가치로 보면 새치기와 다를 바 없다. 그러나 시장의 합리성을 삶의 태도로 받아들이는 사람들이 늘어날수록 암표 거래는 더 이상 새치기가 아닌 합리적이고 정당한 행위로 간주될 것이다.

이처럼 시장의 잣대를 들이밀었을 때 오히려 역효과가 일어나고, 공동체의 가치가 파괴되는 이유는 시장의 비인격성을 적용할 수 없는 인격적 가치를 상품화했기 때문이다. 일반적인 물질적 재화는 쓰면 쓸수록 없어지지만 문화, 도덕, 이타심 등과 같은 가치들은 쓴다고 없어지는 것이 아니다. 이타심과 같은 가치는 오히려 쓰면 쓸수록 증가하는 특성을 가진다. 남을 도우려는 마음을 많이 먹었다고 해서 고갈되는 것이 아니라, 오히려 사회 구성원을 감동시켜 공동체의 이타심을 증가시킨다. 그러나 이타심을 상품화하면 남을 도와주는 일이 돈을 받고 행하는 당연한 일로 변하게 된다. 또한 시장은 오직 경제적 효율성이라는 이름으로 가치를 수량화해 평가하는데, 정신적 가치에 이를 적용하면 숫자의 함정에 빠져 본질적인 부분을 간과하게 된다. 숫자는 얼음물에 한쪽 발을 담그고, 끓는 물에 다른 한쪽 발을 담갔을 때 결국 미지근하다고 판단하는 것이다.

　교육에 있어 시장의 법칙은 어디까지 적용될 수 있을까? 시장의 법칙을 이용하면 손쉽게, 단기간에 성적을 올릴 수 있지만, 공부를 하는 목적이 훼손될 수 있다. 학생은 돈을 버는 일을 궁극적인 목적으로 갖고 있지 않기 때문에 성적 향상을 위해 아이에게 보상으로 돈을 주는 것은 '공부하기 싫지? 돈을 줄 테니 공부해라.'라는 메시지를 주게 된다. 이는 자아실현, 진리 탐구라는 공부의 본질적인 목적을 돈이라는 외부적 목표로 대체하는 결과를 가져온다. 성적표의 숫자를 단기간에 올릴 수는 있지만, 진정으로 공부에 흥미를 느끼게 하고, 공부하는 아이로 만드는 데는 한계가 있는 것이다. 그러므로 교육에서의 물질적 보상은 공부에 흥미를 느끼게 만드는 역할에 머물러야 한다. 더욱 중요한 것은 왜 공부를 해야 하는지, 공부를 하면 어떤 사람이 될 수 있는지, 우리 사회에 어떻게 기여할 수 있는지 등 비전을 심어 주는 일이다.

우리가 시장의 법칙을 점점 더 많은 영역에 적용하려는 이유는 성공을 향한 열망 때문이다. 좀 더 효율적으로 재화를 이용하고, 합리적으로 사고해 생산성을 극대화하기 위한 것이다. 그러나 정신적 가치, 인간과 관계된 가치를 다룰 때는 시장 논리만 가지고는 성공할 수 없다. 성공을 위해서는 시장의 효율성이 적용되는 지점과 적용되지 않는 부분을 구분하는 것이 중요하다. 특히 사람, 사람과 관련된 가치에 시장의 잣대를 들이댈 때는 어느 부분에서 시장의 효율성이 나타날 수 있는지, 어느 부분에서 도덕적 가치로 접근해야 하는지를 고려해야 한다. 시장은 비인격적이지만 인간은 인격적이기 때문이다.

**\* 참고 자료**
마이클 샌델, 『돈으로 살 수 없는 것들』, 안기순 번역, 와이즈베리, 2012.

롯데부동산
(feat·父)

* 아버지께 도움을 드리고자 쓴 글입니다.

청량리 미주아파트, 사야 할까? "한 달에 1억을 번다.", "재건축이 시작된다.", "청량리의 대표 아파트!"라는 말이 따라붙는다. 우선 실거래가를 보자. 41평형의 경우 지난해 6월 12억 원, 7월 13억 5000만 원, 8월 14억 원…. 억 단위 숫자로만 보면 한 달에 1억, 맞다. 나머지 평형을 보면 한 달에 1억은 아니지만, 꾸준한 상승세를 이어 가는 모습이다(같은 달, 같은 평형 거래는 실거래 최고가 적용). 물론 41평형은 13.2억으로 유일하게 가격이 하락하기도 한다. 그러나 미주아파트는 서울, 동대문구 전체에서 실거래가 상승률이 중간 정도를 유지하고 있고, 청량리동에서는 상위권에 속한 것은 분명하다. 참고로 한국감정원 통계를 보면 동대문구는 지난해 서울 전체에서 아파트 값 상승률 6~7위를 기록했다.

미주아파트는 지난 2015년 안전 진단을 통과했다. 이후 2018년 정비구역지정을 신청했지만, 아직 진척되지 않고 있다. 그러나 주민들은 지난해 임시 단체인 가칭 재건축추진위원회를 결성했다. 가장 큰 난관은 용적률이다. 미주아파트의 현재 용적률은 227%로 최소한 500%는 돼야 사업성이 있을 것으로 보고 있다. 미주아파트는 제3종 일반주거지역으로 용적률 250%를 적용받지만, 상업지역으로 용도 변경이 있을 경우 용적률이 크게 상향될 수 있다.

미주아파트는 청량리동 235-1, 235-11. 2개 필지에 1개 단지가 들어서 있다. 원래는 1개 필지였는데 1989년쯤 단지 내에 도로가 만들어지면서 2개 필지로 나눠졌다고 한다. 토지이용계획확인원을 보면 235-1은 '제3종일반주거지역', 235-11은 '일반상업지역', '제3종일반주거지역', '개발행위허가제한지역'으로 지정돼 있다. 동대문구청에 따르면 여기서 '일반상업지역'은 청량리 먹자골목 쪽과 접해 있기 때문에 작게 지정돼 있는 것이고, '개발행위허가제한지역'은 지구단위계획구역 지정을 위한 것으로 재건축과는 관련이 없다고 한다. 참고로 지구단위계획구역을 지정한다는 것은 공적 개발을 하겠다는 의미로 각종 규제를 완화해 준다. 미주아파트는 원래 상업지역이었다. 그런데 세금 문제 등을 이유로 제3종일반주거지역으로 변경했다고 한다. 그런데 이제는 다시 상업지역으로 용도 변경을 기대하고 있다.

## ◆ 천지개벽 청량리

미주아파트 재건축은 거북이걸음을 하고 있지만, 청량리 일대는 천지개벽 수준의 개발이 이뤄지고 있다. 청량리 주상복합 4총사인 최고 65층 높이의 롯데캐슬SKY-L65, 59층 한양수자인, 40층 해링턴 플레이스, 43층 힐스테이트 더퍼스트 등이 한창 공사 중이다. 여기에 미주상가 B동 자리에서는 20층 높이의 힐스테이트 청량리역이 올라가고 있다. 창보 리버리치 1차는 입주를 마쳤고, 2차는 올해 4월 입주 예정, 3차는 공사 중이다. 특히 청량리 4총사 등은 2023년 완공될 예정으로, 완공 후 미주아파트는 신축과 구축 가격의 '키 맞추기'도 기대되는 상황이다.

동대문구는 서울에서 재개발이 가장 많이 이뤄지는 곳이기도 하다. 청량7구역은 철거·이주가 진행 중으로 청량리에서 가장 속도가 빠른 곳이다. 청량6구역, 청량8구역, 제기6구역은 조합설립인가 단계, 제기4구역은 사업시행인가 단계다. 개발 호재도 넘쳐 난다. 우선 청량리역은 GTX B·C 노선 개통과 함께 프랑스 '라데팡스'를 롤모델로 종합환승센터로 구축한다. 지하철 청량리역은 이미 분당선과 이어져 있고 동북선경전철, 면목선경전철, 강북 순환선과도 이어질 전망이다. 홍릉바이오클러스터는 2단계 사업이 진행 중이다. 산학협력 단지로 고부가 가치 산업을 육성하자는 것인데, 석박사급 연구 인력 8000여 명이 상주한다.

수요가 풍부하다는 얘기다. 이 밖에도 서울시에서 2252억 원을 투입해 전국에서 가장 큰 규모로 서울대표도서관이 전농동에 건립될 예정이다.

◆ 그래서, 몇 동 몇 호를 사야 할까?

　미주아파트는 43살, 1978년 9월이 생일이다. 13층~15층. 총 8개동, 1089세대로 이뤄져 있다. 청량리동 235-11(토지 32,139.2㎡, 9,722.1평)에는 1동~4동, 청량리동 235-1(토지 24,086.8㎡, 7,286.2평)에는 5동~8동이 있다. 각 동별 평형 구성을 보면 1동은 28평형, 2동은 33평형, 3동은 45평형, 4동은 33평형과 41평형, 5동은 50평형, 6동은 33평형, 7동은 56평형, 8동은 41평형이다. 28평형은 126세대, 33평형은 495세대, 41평형은 138세대, 45평형은 150세대, 50평형은 90세대, 56평형은 90세대다.

　1동, 2동, ·4동, ·6동, ·8동은 복도식이고, 3동, ·5동, ·7동은 계단식이다. 미주아파트는 청량리역까지 도보 7분 거리로 롯데백화점, 롯데마트, 하이마트 등이 들어서 있다. 경동 시장, 농수산물 시장, 청과물 시장 등 전통 시장과도 가깝다. 산책로는 좀 거리가 있지만 영휘원, 세종대왕기념관 등이 좋다.

　물론 연식이 오래 되다 보니 춥다고 한다. 현재 중앙난방이지만, 올해 개별난방으로 바꾸기 위해 동의서를 받고 있다. 주민

80% 동의가 있어야 하는데, 아직 진행 중이다. 녹물이 나온다는 말도 있지만, 녹물 제거 필터를 이용해 해결하고 있다. 복도식의 경우 엘리베이터가 반계단 위, 아래층에 멈추고 지하 주차장이 없는 것도 알아 둬야 한다. 참고로 초등학교는 홍릉초로 배정된다. 사립으로는 삼육초와 경희초가 있다. 중학교는 청량중과 성일중이 공립이고, 정화여중, 경희여중 등이 사립이다.

그래서, 몇 동 몇 호를 사라고요? 02-964-○○○○이 답이다.

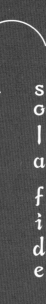

sola fide

$$A$$
$$g$$
$$a$$
$$p$$
$$e$$

　나는 그를 버렸다. 무시하고, 조롱하고, 욕했다. 내 삶에 없는 존재라 생각했다. 주위에서 그에 대해 말할 때, 나는 비웃었다. "내가 그를 아는데, 아무리 노력해도 그의 마음에 들 수 없다."고 말했다. 내 삶에서 그를 지우고 내 마음대로 하기로 했다.

　중·고등학교 시절, 그에게 잘 보이기 위해 서태지, 신해철 CD를 깨 버리기도 했다. 항상 착한 아이가 되기 위해 노력했고, 또래 아이들의 유행을 따라가지 않고 단정한 옷을 입었다. 그와 대화할 때는 다리가 저려 일어나지도 못할 만큼 무릎을 오래 꿇고 있어야, 눈물을 흘려야 진심을 보인 것이라 생각했다. 그렇게 매일 울던 어느 날 나는 그와의 관계를 포기했다. 인간의 노력으로 그에게 잘 보이는 것은 불가능하다고 결론 내렸다. 나는 내 마음대로 살기로 결심했다.

　그런데 그는 이런 나를 계속 용서하고 있었다. 한 번 용서하고 넘어간 것이 아니라, 끝까지 나를 용서했다. 내가 욕하고, 비웃어도 그는 나를 사랑했다. 잘못을 하면 할수록 그는 오히려 그만큼 더 나를 사랑했다. 이해할 수 없었다. 나는 그를 버렸고 그에게 나쁜 짓만 하는데, 왜 그는 나를 끝까지 용서하고 사랑할까.

처음에는 원래 그런가 보다 했다. 그러든 말든, 나는 그에게 엇나가는 삶을 고집했다. 그런데 나를 용서하고 사랑하는 그에게 미안하고 죄송한 마음이 생기기 시작했다. 내 잘못으로 그가 모든 지위와 권리를 잃었고, 심지어 생명을 빼앗겼다는 사실을 알았을 때 나는 더 이상 그에게 나쁜 짓을 할 수 없었다. 결국, 내 삶은 그에게 완전히 무너져 버렸다.

지금도 나의 노력으로 그와의 관계를 좋게 만들 수는 없다고 생각한다. 다시 말하면 나는 선해지려는 노력을 하지 않는다. 노력한다고 되지 않는다. 인간은 결코 선해질 수 없다. 선해지려 노력할수록 그럴 수 없다는 좌절감만 커질 뿐이다. 내가 해야 할 일은 선해지려는 노력이 아니라 그를 바라보는 것이다. 잘못을 저지르지 않기 위해 노력하는 것이 아니라, 끝까지 나를 용서하고 사랑한 그를 생각하는 것이다.

그가 나에게 원하는 것은 단 한 가지, 바로 사랑이다. 그를 사랑하고, 이웃을 사랑하라고 말한다. 사랑하지 않으면 나는 그에게 죄인이다. 그러나 사랑은 무한한 것이므로 나는 무한한 죄인이다. 이런 나의 죄를 속량하기 위해, 나를 사랑한 그는 나 대신 생명을 버렸다. 그리고 말한다. 더 사랑하라고….

그분이 예수다.

# 기도

살아 계신 하나님!

"오직 의인은 믿음으로 말미암아 살리라."하신 말씀에 감사드립니다. 죄인이었던 저에게 창세전에 계획하신 믿음을 주시고 하나님의 백성으로 삼으신 은혜가 너무나 큽니다. 저는 믿음을 가질 수 없는 사람입니다. 의심이 많고, 쉽게 흔들리고, 의지가 약하기에 제 노력으로는 믿을 수 없습니다. 하지만, 하나님은 이런 저에서 믿음을 선물로 주셨습니다. 그 믿음으로 저는 결국 의인이 되었습니다. 의인으로서 참 평안과 자유를 누리게 하시고 감격의 기쁨으로 살아가게 해 주세요. 더 큰 믿음을 갖게 하기 위해 지금도 제 삶을 이끌고 계신 하나님의 사랑에 감사드립니다.

'그리스도의 십자가'를 생각합니다. 예수님께서는 제 죄 때문에, 저를 구원하시기 위해 십자가에 달리셨습니다. 아무 죄 없는 예수님을 지금 이 순간에도 제가 십자가에 못 박고 있습니다. 예수님의 한없는 사랑에 감사합니다. 예수님의 아낌없는 희생에 감사드립니다. 예수님의 순종에 감사드립니다. 예수님께서는 끝까지 저를 사랑하셨습니다. 제가 십자가를 부인하고, 배신한 그 순간에도 예수님은 저를 포기하지 않으셨습니다. 그 끝없는 사랑에 결국 저는 무너졌습니다. 제 삶에서 예수님의 십자가 사랑과 희생, 순종이 배어 나오기를 간절히 기도합니다. 십자가를 지기까지 저를 사랑하신 그 사랑이 제 삶이 되길 기도합니다.

"여호와는 나의 목자시니." 제가 부족함이 없습니다. 하나님께서는 제 삶을 이끄시는 목자입니다. 잘못된 길을 가려 하면 목자 되신 하나님께서 바른길로 인도해 주시고, 늑대와 같은 마귀의 위협에서 보호해 주십니다. 그러므로 담대히 하루하루를 살아갑니다. 하나님께서 제 삶의 목자이신데 무엇이 두렵겠습니까! 목숨의 위협을 받아도 두렵지 않습니다! 하나님께서는 그 뜻을 이루기 위해 제 평생의 삶을 이끌고 계십니다. 제 삶은 창세전에 하나님께서 계획하셨고, 하루하루의 일상은 그 계획의 실현입니다. 미래의 불안은 없습니다. 제 삶의 모든 사건들은 결국 합력하여 하나님의 선을 이룰 것이기 때문입니다. 하나님의 놀라운 섭리에 감사하는 하루하루를 살게 해 주세요.

"누가 우리를 그리스도의 사랑에서 끊을 수 있겠습니까." 하나님께서 저를 사랑하시는 그 무한하신 사랑을 끊을 수 있는 것은 아무것도 없습니다. 하나님의 사랑이 제 평생을 이끌 것입니다. 힘든 일을 겪으며 무너지더라도 하나님께서 다시 일으키실 것입니다. 뜻대로 내 삶이 풀리지 않을 때는 그것이 바로 하나님의 계획이라 깨닫게 하실 것입니다. 그렇게 단련하셔서 결국 순금 같은 하나님의 사람이 될 줄로 믿습니다. 저를 사랑하시는 하나님의 성실하심을 신뢰합니다. 결국, 제 모든 삶을 기울여 고백할 수밖에 없습니다. "하나님은 사랑이십니다."

저를 끝까지 사랑하시는 예수님의 이름으로 기도합니다, 아멘.

# 내 삶의 3교리

첫째 교리. "내 삶은 하나님의 계획이다." 나의 모든 삶은 창세전 하나님의 예정이라고 믿는다. 매 순간 스쳐 가는 나의 생각들, 행동과 말은 나의 자유 의지인 동시에 하나님의 계획인 것이다. 그러므로 나의 삶은 곧 하나님의 정당성을 갖게 된다. 물론 나쁜 행동을 할 수도 있고, 머리끝까지 짜증을 낼 수도 있다. 그러나 그것도 모두 나의 의지인 동시에 하나님의 뜻이다. 그러나 걱정할 것은 없다. 내 삶이 하나님의 계획이라고 믿는다는 것은 곧 그리스도의 십자가 속량을 믿는다는 것과 같기 때문이다. 화를 내고 나쁜 짓을 하더라도 예수님의 사랑 앞에 무릎 꿇을 수밖에 없다. 결국 예수님의 사랑을 향해 갈 수밖에 없다는 것이다. 견딜 수 없는 불행한 일을 겪게 될 수도 있다. 하지만 모든 것은 합력하여 선을 이룰 것이고, 내 삶은 하나님의 나라를 이 땅에서 성취해 가는 데 쓰일 것이다.

둘째 교리. "행복은 지금 이 순간에 있다." 지금 이 순간 행복하지 않다면, 나는 결코 행복한 삶을 살 수 없다고 생각한다. 행복은 무엇을 이룬다고, 무엇을 소유한다고 얻을 수 있는 것이 아니다. 어떤 목표를 이루어 행복한 삶을 살겠다는 것은 환상일 뿐이다. 목표한 것을 이루면 기쁘지만 기쁨은 그때뿐이다. 곧 또 다른 목표가 생기게 되고, 생각하지도 못한 불만은 어느 때나 발생한다. 어떠한 상황 속에서도 지금 이 순간이 가장 행복하다고 믿어야 한다. 지금 이 순간이 하나님께서 나를 위해 예정하신 최고의 상황인 것이다.

셋째 교리. "나를 택한 자본주의, 사랑을 강요하다." 나는 자본주의가 고도화된 사회 속에서 살고 있다. 자본주의는 이기심을 기본으로 한다. 나에게 가장 이익이 되는 것을 추구할 때 세상의 부는 늘어난다. 하지만, 이러한 자본주의는 모순을 드러내고 있고, 언젠가는 무너질 것이다. 그 체제를 대체할 것은 사랑을 근본으로 하는 시스템이 될 수밖에 없다고 생각한다. 나의 이익이 아닌, 너의 이익을 추구할 때 부유해지는 세상이 왔으면 좋겠다. 물론 그 사랑의 본질은 예수님의 사랑일 것이고, 이 세상 모든 사람들은 나의 형제와 자매가 될 것이다. 자본주의가 아닌 하나님의 사랑을 근본 이념으로 하는 체제 속에서 살아가고 싶다.

**\* 참고 자료**

마틴 로이드 존스, 『성부 하나님과 성자 하나님』, 임범진 번역, 부흥과개혁사, 2007.
존 플라벨, 『섭리의 신비』, 박문재 번역, CH북스(크리스천다이제스트), 2017.

# 메리 크리스마스

성탄절은 비극이다. 세상으로부터, 심지어 신으로부터 버림받은 한 사람이 태어난 날이기 때문이다. 가축들이 있는 곳에서 태어났고, 어렸을 때는 목수 아버지를 따라 육체노동을 했다. 집은 가난했다. 그렇게 어린 시절을 보낸 후 평생 사람들에게 멸시와 증오를 받았다. 처음에는 병을 고치고, 기적을 보이면서 사람들이 찬사를 보내기도 했지만, 결국 사람들은 시기와 질투에 사로잡혀 십자가에서 죽어야 한다고 주장했다. 주변 사람들은 그가 죽기를 간절히 바랐던 것이다. 따르던 제자들도 그를 버렸다.

예수님의 삶은 저주받았다. 태어난 목적 자체가 죄인이 되어 처형되는 것이었다. 평생 사람 취급을 받지 못했고, 벌레와 같은 대우를 받았다. 온갖 비방과 조롱, 비웃음의 대상이었다. 십자가 처형 또한 비참한 것이었다. 십자가 위에서 물과 피를 다 쏟았고, 온몸의 뼈가 으스러졌으며, 입은 말라 혀가 입천장에 붙었다. 예수님은 기도했다. 왜 나를 버리시느냐고. 하지만 하나님 역시 아들인 예수님이 십자가에서 죽기를 바랐다. 아니, 십자가에서 꼭 죽어야만 했다. 그렇게 예수님은 극도의 고통 속에서 숨을 거뒀다.

가난하고 비참한 삶을 살다가 조롱당하며 죽은 사람. 이러한 삶을 살아야만 했던 이유는 바로 나 때문이었다. 내가 죄인이기 때문에 예수님이 평생 모욕을 당한 것이다. 아버지이신 하나님께서는 내 죄를 속량하기 위해 나 대신 아들 예수님을 죽게 하셨다. 예수님은 나 때문에 욕을 들어야 했고, 나 때문에 온갖 조롱을 당하셨다. 하나님은 아들을 십자가에서 죽게 함으로써 나를 의인으로 만드셨다. 아무런 자격도 없는 나를 위해 신이었던 예수님이 죽었다.

다른 방법은 없었다. 예수님의 비참한 삶만이 나를 구원할 수 있었다. 내가 십자가에서 죽어야 하는데, 그 십자가를 예수님이 대신 져 주셨다. 하나님은 아들을 죽여서라도 나를 살리기로 결정하신 것이다. 내가 무엇을 해서가 아니다. 그것은 오직 하나님이 사랑이시기 때문이었다. 죽음을 빚진 자로서 내가 해야 할 일은 하나님을 사랑하고 이웃을 사랑하는 것이다. 간혹 세상이 나를 모욕하고 비방하고 비웃을지라도, 예수님을 기억해야 한다. 아무리 내가 거부해도, 또한 모든 사람이 나를 버릴지라도 하나님은 나를 사랑하신다.

죽기 위해 탄생한 신, 메리 크리스마스.

**\* 참고 자료**

옥타비우스 윈슬로우, 『예수생각』, 생명의말씀사, 2014.

존 파이퍼, 『큰 기쁨의 좋은 소식』, 개혁된실천사, 2021.

화종부, 『내 하나님이여 내 하나님이여 어찌 나를 버리셨나이까?』, 분당우리교회
고난주간특별부흥회, 2018.

## "내가 갚으리라"

"여기는 예약석입니다." 다른 자리도 많았다. 그런데 식당 직원은 내가 앉자마자 예약석이라며 나보고 다른 곳에 앉으라고 했다. 내가 앉은 자리만 남아 있었다면 이해를 했겠지만, 아무리 생각해도 이해가 되지 않았다. 왜 나한테 그랬을까. '직원을 불러 따져야 할까.' 생각도 했지만 그만두기로 했다. 내 목적은 어느 자리에 앉든 저녁만 먹으면 되는 것이니까. 그 목적을 침해하지 않는 이상 다른 감정싸움은 불필요하다고 판단했다. 일단 음식을 시키고, 먹으며 생각했다. '다시는 이 식당에 오지 않겠다.'고.

나는 최대한 감정싸움을 피하려 한다. 누군가 나의 감정을 상하게 해도 즉시 반응하지 않는다. 대신 이 사람이 왜 그랬을까를 생각한다. 내가 전혀 의도하지 않았지만, 나에게 열등감을 느꼈을 수도 있고, 그만의 상처가 있을 수도 있다. 내가 모르는 어떤 사정이 있을 것이라 생각하는 것이다. 그러면서 상대방의 기분을 상하게 하려는 시도 자체를 하지 않는다. 그 사람에게 신경을 쓴다는 자체가 내 삶을 낭비하는 것이라 생각하기 때문이다. 최대한 신경을 끄고, 내 감정을 아낀다.

물론 싸워야 할 때도 있다. 아무 잘못도 없는데, 나의 핵심 이익을 침해하는 부당하고 악의적인 일을 당하면 싸워야 한다. 사소한 일은 그냥 넘기지만, 정말로 중요한 일에는 철저히 싸우고 복수한다. 하지만, 복수를 할 때도 오로지 내 이익을 위해서 해야 한다. 자신에게 피해를 주면서 복수를 해서는 안 되는 것이다. 한 평범한 가정주부가 있었다. 그런데 남편이 자신의 친구와 외도를 했다. 그러자 그녀는 남편을 죽이고 자수했다. 그리고 출소해서 다시 외도 상대였던 친구를 죽이고 또 자수했다. 이런 식의 복수는 속만 시원할 뿐, 결국 자기 삶을 망치는 복수일 뿐이다.

니체는 '노예의 도덕'과 '주인의 도덕'을 구분했다. '노예의 도덕'은 타인의 기준에 자신의 삶을 내맡기는 것이다. 타인이 자신을 인정해 주고, 칭찬해 주면 우월감을 느끼고, 그렇지 않으면 스스로 열등감과 분노를 느껴 화를 내는 사람들은 '노예의 도덕'으로 살아가는 사람들이다. '주인의 도덕'을 가진 사람들은 그렇지 않다. 그들은 자신만의 확고한 가치와 신념이 있다. 타인의 평가와 인정에 기대지 않는다. 자기 기분이 상했다고 즉각적으로 복수하는 사람들이 '노예의 도덕'을 가진 사람들이다. 남을 깎아내린다고 자신의 위치가 올라가는 것이 아니다. 중요한 것은 내 실력을 키우는 것이다. 남에게 감정을 쏟는 대신 내 삶에 집중하는 것이다.

복수극의 고전 『햄릿』. 내가 햄릿이라면 어떻게 했을까. 우선 햄릿은 복수를 해야 할 상황이 맞다. 삼촌이 자신의 아버지를 부당하게 독살했기 때문이다. 하지만 햄릿과 같은 복수를 해서는 안 된다. 결국 자신을 포함해 모두 죽는 결과를 가져오기 때문이다. 내가 햄릿이라면 모든 사실을 숨기고, 우선 오필리아와 결혼을 할 것이다. 이후 왕의 자리에 오르면 그때 삼촌인 클로디어스를 감옥에 보내 평생 고통받게 할 것이다. 어머니 거트루드는 삼촌과 결혼을 했다는 잘못이 있지만, 용서해야지 어쩌겠는가. 하지만, 모든 복수는 피곤하고 허무하며, 파멸만 가져올 뿐이다. 마음에 두고 있어 봐야 나만 손해다. 그럴 때는 성경 말씀을 떠올려도 좋을 것이다.

> "내 사랑하는 자들아 너희가 친히 원수를 갚지 말고 하나님의 진노하심에 맡기라. 기록되었으되 원수 갚는 것이 내게 있으니 내가 갚으리라고 주께서 말씀하시니라." (로마서 12장 19절)

**\* 참고 자료**

박지현, 『참 괜찮은 태도』, 메이븐, 2022.
셰익스피어, 『햄릿』 최종철 번역, 민음사, 2009.

# 신이 죽었다

　그놈의 죄. 중학생이 무슨 죄가 있었을까. 지금 돌이켜 보면 어린 시절 교회는 죄의식을 심어 자유를 억누르는 곳이었다. 학교를 마치고 매일 기도실에 들러 기도했다. 바닥에 무릎을 꿇고, 눈물이 날 때까지 기도했다. 눈물이 흐르지 않으면 진정성이 없는 것이라 믿었다.

　그렇게 매일 기도하다 보니 심각한 죄의식에 빠져 버렸다. 무슨 죄를 지었는지는 기억나지도 않는다. 그냥 내 삶은 그 자체로 죄였다. 성령을 받겠다고 열흘 동안 금식을 한 적도 있다. 그러나 내게는 아무런 변화가 없었다. 하루하루가 고통이었다. 삶이 기쁘지 않았다. 나는 열심히 신앙생활 하는데 왜 행복하지 않을까 고민했다. 내가 잘못해서라고 생각했다.

　기도하던 어느 날 나는 하나님을 버리기로 결심했다. 아무리 노력해도 죄의식에서 벗어나는 것은 불가능하다고 결론 내린 것이다. 어차피 불가능한 일인데 왜 노력해야 할지 이유를 알 수 없었다. 그렇게 하나님을 버리니 마음이 편해졌다. 처음에는 신을 버렸다는 자책감에 불안했지만, 나는 더 이상 죄와 관련이 없다고 생각하니 해방감이 몰려왔다.

게다가 모든 것은 합력하여 선을 이루고, 모든 일은 창세전에 예정된 하나님의 뜻대로 될 것이라 생각하니 더욱 내가 할 일은 없어졌다. 내가 어떤 일을 하든 그것은 나의 의지인 동시에 하나님의 뜻이었다. 착하게 살든, 나쁘게 살든 내 삶은 신의 정당성을 얻은 것이다. 너무나 자신만만한 삶을 살았다.

그런데 몇 년 전, 우연히 예수님을 알게 됐다. 나 때문에 십자가에 못 박혀 죽으신 예수님. 나는 하나님을 버렸지만, 하나님은 나를 끝까지 사랑하신다는 것을 알게 됐다. 이 세상 모든 사람이 나를 버려도 예수님만은 나를 사랑하신다. 내가 하나님을 믿는 것이 아니라, 하나님이 나를 사랑하시는 것이다.

중학교 시절 믿음을 향한 나의 노력은 나의 만족을 위한 것이었다. 내 행복을 위한 것이었다. 의롭다는 우월감을 느꼈다. 하지만 그건 잘못된 믿음이었음을 이제는 알고 있다. 아무리 매일 눈물을 흘려도 내 노력으로 죄가 없어지는 것은 아니다. 믿음은 내 안에 내가 설 자리가 없는 것을 말한다. 무한한 하나님의 사랑, 끝없는 예수님의 희생에 감동했을 때 자연스럽게 믿음은 자라난다. 억지 눈물이 아니라 기쁨과 감사의 눈물이 흘러나오는 것이다.

나는 죄인이다. 하나님 앞에서 나는 죄인이다. 하지만 그 죄가 깊으면 깊을수록 예수님의 십자가 희생이 커진다. 죄의식은 곧 하나님의 무한한 사랑과 은혜로 바뀌게 되는 것이다. 어린 시절, 나에게는 죄의식만 있었을 뿐 예수님의 사랑이 없었다. 이제는 나의 모든 죄를 씻으신 예수님을 바라본다.

그렇다고 교만해지는 것이 아니다. 엄청난 빚을 탕감받은 자로서, 노예 생활에서 자유인으로 속량받은 자로서 겸손하게 나아갈 뿐이다. 난 의롭게 살려고 노력하지 않는다. 내 의지로 할 수 있는 것은 아무것도 없다. 단 한 가지, 의인이 된 나는 믿는다. '신'이 '나'를 살리려고 죽었다는 것을. 하나님은 사랑이시다.

**\* 참고 자료**

팀 켈러, 『탕부 하나님』, 윤종석 번역, 두란노서원, 2016.

# 모순 혹은 진리

#1. 하나님, 예수님, 성령님은 모두 같은 분이다. 그러나 동시에 다른 분이다. 모두 창세전부터 같이 계셨다. 그중 예수님은 인간이 되셨고, 십자가에서 비참하게 죽었다. 나를 구원하기 위해 신이 죽은 것이다. 신의 죽음은 계획돼 있었다. 물론 사흘 만에 부활하시고 이후 승천하셨다. 이제는 성령님이 우리와 함께하신다.

#2. 모든 것은 예정된 일이다. 우연은 없다. 동시에 인간은 자유 의지를 갖고 있다. 결국 나의 생각과 행동과 말은 나의 의지인 동시에 하나님의 예정이자 섭리이다. 선한 일만 하나님이 계획하시는 것이 아니라, 악한 일도 하나님은 허락하신다. 하나님께서 허락하지 않으시면 악한 일은 일어나지 않는 것이다. 그렇다면 나의 악한 행동도 하나님의 뜻이 되는 것일까? 물론 나를 위해 죽으신 예수님의 희생을 생각하면 일부러 악하게 행동하는 것은 어려운 일이다.

또한 상황이 이렇다면 나에게 일어나는 나쁜 일들을 하나님의 뜻으로 감당해야 한다는 괴로움도 생긴다. 아무리 어렵고 괴로운 상황에 처하게 되더라도 이를 하나님께서 허락하신 것으로 받아들이는 일은 엄청나게 힘든 일이다. 확실한 것은 하나님께서 자기 아들을 죽일 만큼 나를 사랑한다는 것이다. 사랑의 하나님은 왜 내게 어려움을 주실까? 믿음을 성장시키려는 것일까?

#3. 하나님을 믿는 믿음은 전적으로 하나님의 선물이다. 나의 의지는 조금도 개입되지 않는다. 일부러 좋은 믿음을 갖기 위한 노력을 할 필요도 없고, 할 수도 없다. 나는 매일 아침 QT를 하고, 저녁에는 성경을 1장씩 읽는다. 주일예배는 무조건 참석해야 하는 의무라 생각한다. 하지만 이러한 행위는 내가 하고 싶어 하는 자발적 행동일 뿐 억지로 하는 것이 아니다. 하기 싫으면 안 할 수도 있다. 그러나 하나님은 나에게 믿음을 지속시킬 수 있는 마음을 주셨다. 하나님을 사랑하고 이웃을 사랑하는 일 역시 노력으로 할 수 없다. 내가 해야 할 일은 나를 위해 죽으신 예수님만 생각하는 것이다. 이러한 생각을 하는 것도 내 의지는 아닐 것이다.

#4. 기독교는 나의 선택이 아니었다. 태어나 보니 부모님이 교회를 다니셨다. 그래서 나의 종교도 기독교가 되었다. 성인이 되어 다른 종교를 선택할 수도 있었겠지만 어린 시절의 경험을 쉽게 무시할 수는 없을 것이다. 물론 다행이라고 생각한다. 만약 부모님이 무교이셨거나 다른 종교였다면 내 종교는 꼭 기독교가

아니었을 수도 있다. 그렇다면 불교, 이슬람 문화권에서 태어난 아이들은 어떻게 생각해야 할까. 자신의 선택이 아닌 태어난 환경 때문에 기독교가 아닌 종교를 갖게 된 것 아닌가!

# 그러면, 다시 한 번

ⓒ 곽태경, 2023

초판 1쇄 발행 2023년 6월 1일

지은이     곽태경
펴낸이     이기봉
편집       좋은땅 편집팀
펴낸곳     도서출판 좋은땅
주소       서울특별시 마포구 양화로12길 26 지월드빌딩 (서교동 395-7)
전화       02)374-8616~7
팩스       02)374-8614
이메일     gworldbook@naver.com
홈페이지   www.g-world.co.kr

ISBN   979-11-388-1937-4 (03810)